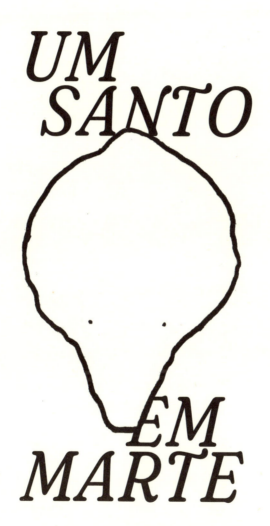

UM SANTO EM MARTE

ROGÉRIO DE CAMPOS

Copyright © Rogério de Campos, 2023

Todos os direitos reservados à Veneta.

Direção editorial:
Letícia de Castro

Assistente editorial:
Guilherme Ziggy

Capa e projeto gráfico:
Gustavo Piqueira - Casa Rex

Preparação:
Cris Yamazaki

Revisão:
Ricardo Liberal
Ederli Fortunato
Guilherme Mazzafera

Fechamento:
Lilian Mitsunaga

Dados Internacionais de Catalogação na Publicação (CIP)
(Câmara Brasileira do Livro, SP, Brasil)

C198   Campos, Rogério de
        Um Santo em Marte / Rogério de Campos. - São Paulo: Veneta, 2023.
208 p.

ISBN 978-65-86691-95-5

1. Literatura Brasileira. 2. Romance. 3. Ficção. I. Título.

CDU 821.134.3(81)   CDD B869.3

Catalogação elaborada por Regina Simão Paulino – CRB 6/1154

Rua Araújo, 124, 1° andar, São Paulo
www.veneta.com.br
contato@veneta.com.br

Para minhas irmãs.

Em verdade vos digo: não há quem tenha deixado casa, mulher, irmãos, pais ou filhos por causa do Reino de Deus, sem que receba em troca muito mais neste nosso tempo e, no mundo futuro, a vida eterna.

Marcos 10:17-23

PARTE

UM

O primeiro sonho do peregrino

Joseph Everett Cotten não se lembra, mas quando tinha três anos, três meses, três dias e três horas de idade acordou assustado no meio da noite e uma de suas babás, Marciana Camarero, pegou ele no colo e voltou pra sala.

Marciana estava assistindo *Matadouro 5*, adaptação de um romance de Kurt Vonnegut, mas Joseph nunca soube disso. Não se lembra de ter visto o filme, não se lembra daquela noite, não se lembra de Marciana nem do calor do peito dela. Mas ficou em sua mente a imagem do personagem dentro de uma cúpula de vidro num planeta deserto, sozinho. Aquilo pareceu bom e definiu seu objetivo de vida. À medida que passaram os anos, Joseph desejou cada vez mais estar de volta àquele lugar onde nunca estivera. Queria morar em Marte, sozinho.

Os cinco filhos

Outros homens de negócio comemorariam aquela vitória com um grande banquete. Naquele fim de janeiro de 1857, Ramlochan Ganguly conseguiu fazer a Halifax & Ganguly Company conquistar mais um grande pedaço do negócio de ópio, com a bênção da própria rainha Vitória. Mas Ganguly não era como os outros empresários. Não era de ostentar e, pelo menos naquele momento, não queria ouvir aqueles homens que só falavam inglês. Deixou as comemorações para o sócio, John Halifax, que gostava de festas tanto quanto odiava trabalho.

Ganguly partiu então para mais um retiro espiritual. Dessa vez, um rústico bangalô próximo do rio Mula, não muito longe da cidade de Pune, em Maharashtra. Foi com Shahi, seu velho guarda-costas, que mal falava e já estava quase surdo. Depois de tantas semanas de negociações, Ganguly queria silêncio. Ele e Shahi preparariam a comida e manteriam a limpeza da casa, como dois pescadores.

De toda a sua riqueza, Ganguly levou só cinco pedras preciosas, das mais deslumbrantes entre as encontradas na Índia nas últimas décadas: três grandes diamantes de Kollur, a safira mais azul da Caxemira e um rubi de Orissa. Ganguly, que vivia de avaliar o valor monetário de tudo, não avaliava aquelas pedras. Jamais estariam à venda. Vieram para substituir seus cinco filhos mortos. Em segredo, ele as levava sempre consigo.

Pouca gente conhecia o paradeiro de Ganguly naqueles dias. E, além de Shahi, apenas mais uma pessoa sabia das pedras.

*

O sargento James Tolliver percebeu que os demônios não o deixariam sair do Inferno. Ele seria enterrado naquela terra além da Bíblia. Se ao menos fosse missionário, poderia almejar o Reino dos Céus, mas não. Era membro de um bando de ladrões, assassinos, fornicadores, corruptos, bêbados, sodomitas, blasfemadores... O diabólico exército da Honorável Companhia das Índias Orientais.

Depois de tantos anos na Índia, Tolliver concluiu que os demônios brancos eram piores que os demônios negros. Fosse salvar alguém ali, escolheria apenas Battula, o jovem sipaio. Se os seus sonhos tivessem se realizado, se Tolliver tivesse feito fortuna e pudesse voltar à Inglaterra transformado em lorde, levaria Battula para ser seu cocheiro ou coisa assim. O rapaz ficaria feliz.

Algumas vezes Tolliver fantasiou explodir o quartel com todos os seus *fratres in armis* dentro. Outras vezes, imaginou que seria mais prazeroso entrar armado na sala de oficiais e matar um a um. O primeiro seria o tenente Robert Stringer, que acabara de voltar de Bombaim e explicava agora ao grupo a missão que lhe fora confiada.

— Vamos sem uniforme e não é para usar armas de fogo. Só punhais, desses indianos: *katar, push, kard*, sei lá qual...

— Então é melhor levar uns sipaios, eles são melhores com essas armas.

— Não é para envolver sipaios nem mais ninguém. Eu já falei: somos só nós cinco. Isso não sai daqui, nem o Parks pode saber.

Ao falar isso, Stringer olhou diretamente para Tolliver. O Parks a quem se referia era o superior de todos eles, o tenente-coronel William Parks. Meses atrás, Stringer quase fora punido depois de Parks receber uma denúncia anônima a respeito de abusos graves contra os soldados indianos, os sipaios. Tolliver sabia que Stringer suspeitava dele.

O tenente Dirks falou, levantando a caneca de cerveja:

— Stringer, afinal quem é que deu a ordem? O próprio lorde Canning? A rainha?

— E esses dois velhos homens que vamos encontrar, quem são? — perguntou Bond.

— Dirks, Bond, acreditem em mim: nada disso importa. O que importa, e isso eu garanto, é que essa ação vai nos valer todo nosso tempo na Índia. Tolliver, você não quer voltar bem de vida para a Inglaterra? Essa é a sua oportunidade.

Tolliver sorriu seu sorriso mais sonso, como se estivesse tão bêbado quanto Dirks. Não acreditou em nada. Se era tão bom, para que Stringer tinha envolvido ele?

Ao sair da reunião, fez que ia para o alojamento dormir. Mas no meio do caminho tomou outro rumo e foi se encontrar com Battula.

Contou tudo ao rapaz. Explicou onde estavam os dois velhos que o grupo ia matar. Pediu que Battula estivesse lá para protegê-lo de Stringer.

No dia seguinte, o grupo partiu de Pune. Os cinco: Stringer, Tolliver, Dirks, Bond e Townshend. Era um final de tarde muito bonito em que o rio, tranquilo como um lago e cercado pela floresta, espelhava o céu. Mas nenhum daqueles homens notou isso, até porque nada daquilo lembrava a bela Inglaterra, onde até a natureza era mais limpa e não havia crocodilos.

Foram em silêncio, como se estivessem a caminho de um enterro. Stringer repetia de vez em quando:

— Não é para matar o homem que está sem barba. Deixem isso para mim.

Aproximaram-se lentamente do pequeno cais, onde estava o barco dos dois velhos. Dirks foi o primeiro a desembarcar. Daquele ponto do rio dava para ver a casa, que estava um pouco acima, no sopé do morro. Do cais até a casa, o caminho era uma trilha no meio do mato. E, em torno de tudo aquilo, havia a floresta.

Os cinco homens foram andando sem dizer nada. Mas, quando se aproximavam da casa, Stringer sussurrou para Tolliver:

— Fique aqui e avise se alguém tentar escapar.

Tolliver parou, observando os outros quatro avançarem e pensando por que Stringer deixara justamente ele por último. Também se perguntava: "Cadê o Battula?".

Naqueles longos minutos de angústia, o sargento imaginou que Battula havia se perdido ou fora morto a mando de Stringer. Até que chegou a uma decisão: se ia morrer, levaria Stringer junto para o Inferno. E preparou o revólver que havia levado escondido.

Então percebeu um movimento no mato.

— Battula? — sussurrou.

Quem quer que estivesse ali, parou. E então se levantou. De mãos para cima. Era um homem de rosto sofrido, como o de um santo católico, só que escuro. Tolliver aproximou-se, com o revólver apontado para o homem. Mas, naquele momento, lembrou-se das lições da Igreja. Lembrou-se que ele, James Tolliver, não era um bandido, mas um bom cristão. E então disse:

— Pode ir.

Por piedade, e para estragar qualquer plano de Stringer.

O homem fez uma mesura com a cabeça, num gesto de gratidão, e abaixou os braços. Tolliver reparou no pequeno saco de veludo que o sujeito segurava na mão direita.

— Espere, o que tem nesse saquinho?

Dirks e Townshend estavam sujos com o sangue de Shahi, mas o grupo não havia encontrado o outro homem. Já tinham vasculhado o lugar. Foi quando ouviram o tiro lá fora. Depois, o silêncio. Os quatro militares ficaram paralisados de medo. Foi um minuto até que Bond tomou a coragem de sussurrar:

— Tolliver?

Então Stringer saiu correndo, amaldiçoando:

— Desgraçado idiota! Eu falei pra não usar arma de fogo!

Tolliver, com sua cara de abobado, tentou se justificar:

— Algo se mexeu ali, achei que fosse um tigre!

— Ali onde?

O sargento apontou o lugar, a cerca de quinze metros, e Stringer correu para lá. Ao ver o corpo de Ganguly, voltou a amaldiçoar Tolliver:

— Maldito idiota!

Revirou o cadáver, procurou algo em meio às roupas do morto. De joelhos, olhou o chão em torno do corpo. Falava como um possesso:

— Onde está? Onde está?

Os outros quatro militares ficaram só olhando, até que Dirks acabou por perguntar:

— Onde está o quê?

— O que viemos buscar aqui! Sem isso, estamos ferrados!

— Mas você não falou nada de pegar alguma coisa!

— É, mas tinha uma coisa, sim, pra gente buscar. E esse idiota matou a pessoa que nos entregaria. Tolliver... vai rezando suas rezas de maluco, porque você vai morrer nesta noite.

Stringer se levantou com a cabeça baixa, furioso. Olhou o cadáver, olhou o sargento. Ficou ali parado por alguns instantes e então abriu um sorriso.

— Rapazes, voltem lá na casa. Precisamos achar uma caixa quadrada de metal, preta, de uns quinze centímetros.

Os homens saíram correndo.

— Tolliver! Você não! Volta, fica aqui pra gente conversar.

O sargento estacou, apavorado. Mas Stringer aproximou-se dele com um sorriso.

— Tenho que te elogiar: você evoluiu muito como soldado! Era um dos piores atiradores que eu já vi. Mas agora... olha só: no meio da noite, a quinze metros de distância, acertou um tiro no olho daquele homem que você confundiu com um tigre. Um orgulho da Coroa Britânica!

— O-obrigado, senhor — balbuciou Tolliver.

— Mas, Tolliver, tem certeza que estava aí quando acertou o tiro? Você não está trapaceando, está?

— Não senhor... eu estava aqui mesmo. De-dei sorte, acho.

— Não é sorte, Tolliver, é talento... Talento para tomar decisão, para agir rápido... muito bem, estou admirado...

Stringer estava cada vez mais próximo.

— Sargento, me diz... nossos companheiros não vão encontrar nada lá na casa, não é?

— Não sei, senhor, talvez encontrem...

— Não... não vão encontrar o que estamos procurando, porque já está com você... Em qual bolso, esquerdo ou direito?

— Senhor, não sei do que está falando...

Stringer mostrou o punhal. Tolliver tentou levantar o revólver, mas acabou se atrapalhando e o deixou cair... Esperou o golpe, que não veio: Stringer desabou e ficou no chão, gemendo. O sangue jorrava das costas.

Battula surgiu das sombras e olhou o tenente moribundo.

— Esse vai sofrer bastante antes de morrer.

E então aproximou-se do sargento.

— Você não.

Tolliver sentiu a ponta do punhal e só. Morreu instantaneamente.

Battula tirou o saco de veludo do bolso esquerdo do casaco do inglês. E sumiu.

Luto

John Halifax lamentou muito a perda de seu amado sócio. Mandou instalar um busto de Ganguly na entrada da empresa, em Bombaim.

O buraco da agulha

"Certo homem, de elevada posição, perguntou-lhe: 'Bom Mestre, que devo fazer para herdar a vida eterna?'. Jesus respondeu: 'Por que me chamas de bom? Ninguém é bom, a não ser Deus! Conheces os mandamentos: não cometas adultério, não mates, não roubes, não levantes falso testemunho, honra teu pai e tua mãe'. E o homem disse: 'Isso tudo eu tenho guardado desde a minha juventude'. Ao ouvir isso, Jesus disse-lhe: 'Uma coisa ainda te falta: vai, vende tudo o que tem, dá tudo aos pobres e terás um tesouro nos céus. Depois vem e segue-me'. O homem, porém, depois de ouvir isso, foi embora, cheio de tristeza, pois era muito rico.

Jesus, então, olhando em volta, falou aos discípulos: 'Como é difícil aos que têm riquezas entrar no Reino de Deus! Na verdade, é mais fácil um camelo passar pelo buraco de uma agulha do que o rico entrar no Reino de Deus!'".

O menino, desesperado, declamou aquilo com lágrimas de angústia escorrendo pela face.

— Quer dizer, senhor Eimeric, que já nasci condenado? Mas... a riqueza não é minha, é do meu pai! Eu tenho culpa?

O tutor, sr. Eimeric, ficou furioso.

— Senhor Joseph, disciplina!

Joseph, envergonhado, tentou enxugar as lágrimas. Como sempre, baixou a cabeça para ouvir o sr. Eimeric:

— Todos nascemos condenados pelo pecado original, não seja arrogante a ponto de se achar especial. Deus está acima desta nossa repugnância, acima deste nosso mundo carnal, portanto acima da pobreza e da riqueza! "Dai a César o que é de César e a Deus o que é de Deus". Veja também que logo depois desses versículos que você decorou, quando os discípulos perguntam a Jesus quem poderá se salvar, Ele responde: "As coisas impossíveis aos homens são possíveis a Deus". Não ouse duvidar do poder de Deus!

Mesmo assim, o menino estava desconsolado. Eimeric viu aquela infelicidade e achou que era bom sinal: o menino estava aprendendo. Só então se apiedou. Ele, que nunca sorria, fez um esforço e quase sorriu ao dizer:

— Senhor Joseph, há muitas coisas na Bíblia que estão além do entendimento dos homens, mesmo dos mais eruditos. Palavras que não foram escritas para serem entendidas, pensamentos que os homens não devem ter a pretensão de compreender. Por isso, também, os sábios eram contra a tradução da Bíblia para as linguagens do povo. Veja, por exemplo, esse trecho que você recitou: ele ajudou padres a induzirem várias pessoas, em seus últimos anos de vida, a deixar suas riquezas para a Igreja, e isso corrompeu os padres e corrompeu a própria Igreja. E teve algo ainda pior: esse mesmo trecho, lido de maneira ainda mais deturpada, deu origem a ideias pecaminosas, heréticas, satânicas, socialistas, comunistas, antagônicas ao Cristo. É por isso que eu te digo sempre: leia, mas não se arrogue a tirar conclusões, leia, mas não pense.

Matilda

Em 6 de outubro de 1857, em Calcutá, Battula embarcou em um navio rumo à China. Em Hong Kong pegou outro navio, rumo à Antuérpia. Tinha um novo nome: Krishna Deonarine.

Sete anos depois, Krishna Deonarine teve que deixar o Suriname às pressas, depois de algumas divergências com as autoridades locais. Pretendia voltar à Europa, mas o navio que estava disponível naquele momento iria para Maracaibo, na Venezuela.

E foi em Maracaibo que ele conheceu Matilda, uma jovem de origem europeia, africana e caraíba, vinda de Trinidad e Tobago ou da Jamaica. No início de 1865, os dois partiram juntos para Nova York, como sócios e amantes. Krishna não perguntou a Matilda de quem ela estava fugindo e como havia conseguido aquelas oitocentas libras esterlinas. Matilda não perguntou como Krishna havia conseguido aquelas pedras preciosas. O passado não importava. O que importava é que ambos, tão desconfiados de tudo e de todos, confiavam um no outro, para sempre.

Olhos negros

Foi um olhar daquela moça, um olhar de lado, felino, um olhar malicioso para Joseph. Como resposta a um convite que ele não fizera. Era um olhar que dizia "talvez sim...".

Foi quando ela arrumava a cama. A luz do sol invadindo o quarto do hospital, os lençóis brancos, o uniforme branco dela, os dentes brancos dela, o sorriso dela, os olhos...

E foi isso.

Joseph nunca mais a viu. E nunca mais quis ver alguém.

1923

Bhagat Singh Thind começou seus estudos universitários em Amritsar, no Punjab, norte da Índia. Talvez por problemas com a repressão do governo colonial inglês, ele e seu irmão deixaram o país. Primeiro foram para as Filipinas e depois pegaram um navio para os Estados Unidos.

O irmão de Thind morreu na travessia.

Thind chegou a Seattle em 1913. Foi trabalhar numa marcenaria. Passados poucos anos, foi recrutado pelas Forças Armadas dos Estados Unidos para lutar na Primeira Guerra Mundial. Chegou a ser promovido a sargento. Em 9 de dezembro de 1918, vestindo seu uniforme militar, Thind recebeu o certificado de cidadão estadunidense. Quatro dias depois, porém, o Bureau of Naturalization revogou a cidadania: Thind não era "um homem branco". A lei norte-americana de naturalização abrira uma brecha para africanos e descendentes de africanos, mas não para asiáticos.

Thind recorreu, e recebeu a cidadania pela segunda vez em 18 de novembro de 1920. O caso foi parar na Suprema Corte. A defesa de Thind alegou que ele deveria ser classificado como branco, já que a população da Índia, ou pelo menos da região de onde Thind viera, é descendente dos mesmos povos da Ásia Central que formaram a Europa.

A decisão da Suprema Corte foi unânime: pelos padrões estadunidenses, Thind não podia ser considerado branco. "Pode ser verdade que o escandinavo loiro e o hindu moreno tenham um ancestral comum nos confins obscuros da Antiguidade, mas o homem comum sabe perfeitamente bem que hoje existem diferenças profundas e inconfundíveis entre eles", diz a sentença do juiz George Sutherland, que, aliás, era imigrante: nasceu em 1862 em Stony Stratford, na Inglaterra.

Com a decisão da Suprema Corte, começaram a ser revogadas outras cidadanias concedidas a indianos. A família Deonarine não tinha por que se preocupar: tinha comprado seu lugar nos Estados Unidos algumas décadas antes. Ainda assim, preocupava-se. Foram os três filhos falar com o velho Krishna a respeito de mudarem o nome da família.

O velho vivia na casa da praia, nos Hamptons. Uma decisão que ele e Matilda haviam tomado muito tempo antes, para alívio dos filhos. Krishna não combinava mais com Nova York, já se fora o tempo dele como dirigente da Rada Company. A empresa agora podia esquecer o passado de propinas, subornos, contrabandos, tiros, navalhadas e feitiçaria. Os netos de Krishna nem teriam ideia das primeiras décadas da família em Nova York. Os novos Deonarine tinham dinheiro o bastante para trocar os últimos velhos capangas negros de Krishna por funcionários brancos jovens e imaculados. Dos tempos sombrios restava apenas o velho Krishna, cada vez mais esquelético, enrugado, escuro e assustador.

— Chegaremos muito tarde, ele já deve estar dormindo.
— Ele não dorme. Você sabe.
— Além disso, não dá para adiar, precisamos resolver isso.

Os três estavam arrependidos de não terem saído mais cedo de Nova York, arrependidos de irem ao encontro do velho quando chegava a hora do pôr do sol. O que estava ao volante acelerou o Cadillac.

Uma casa bem isolada, de frente para o mar. Quando crianças, os três frequentaram bastante aquele lugar. Pararam de ir porque queriam evitar o sol, que deixava a pele escura, igual à dos pais.

Assim que o carro parou em frente à casa, perceberam as quatro pessoas na varanda: Ermine, Nanee, Sobo e Padonu. Eram velhos amigos do pai e da falecida Matilda. Quatro velhos pretos que não se levantaram, não os cumprimentaram e permaneceram nas cadeiras, dividindo um cigarro do diabo, enquanto os Deonarine entravam na casa.

— Ei, meninos, como vão?

Quem falou foi outro velho preto. Tinha quase dois metros de altura e um sorriso enorme. Estava à porta da cozinha.

— Bem, estamos bem, senhor Tosh, obrigado. E o resto dos empregados? A enfermeira, senhorita Juliet...

— Ora, vocês não sabem? O pai de vocês dispensou todo mundo ontem, estarão de volta na segunda. A senhorita Juliet não ligou para os senhores? Ela ficou um pouco nervosa, não queria ir, disse que ia reclamar.

Os irmãos 1 e 3 olharam irritados para o irmão 2, que tentou se explicar:

— Ah, sim! Minha secretária me avisou que tinha uns recados da senhorita Juliet, mas eu estava com pressa. Acabei esquecendo...

Tosh tentou quebrar a tensão:

— E as crianças? E o menino Lal, vem nas férias pra cá?

O pai do Lal lembra que, depois das últimas férias ali, foi preciso um mês de esfoliações até o menino perder o bronzeado e voltar a ser branco.

— Não sei, senhor Tosh. Ainda não sei o que faremos nas férias.

— O menino Lal... o Batula gosta muito dele!

O comentário irrita o n° 2:

— Batula? Imagino que você esteja se referindo ao meu pai, o senhor Deonarine.

Batula. Era assim que Matilda e os pretos sempre se referiram a Krishna. Agora que a mãe está morta, os filhos gostariam de nunca mais ouvir falar o nome "Batula".

— Ah, me desculpe, senhor. Sim, eu me referia ao senhor Deonarine. O senhor Deonarine gosta muito do senhor menino Lal.

— Quanto ao senhor Deonarine...

— Ele está lá no fundo, olhando o mar. Só ele aguenta esse vento.

Os três o encontraram na varanda que dava para o mar. Quase nu, sentado mais ou menos como um faquir, sobre uma esteira. Naquela penumbra, o pequeno homem parecia uma grande aranha.

— Boa noite, pai.

O velho não respondeu.

— Pai... é sobre aquele assunto que conversamos... uma nova onda de hostilidade contra asiáticos...

O velho virou-se para eles, deu seu sorriso maligno e disse com a voz rouca:

— Lutei muito por esse nome, é um nome honrado. Tratem de merecer serem chamados de Deonarine.

E voltou o olhar para o oceano escuro.

— Agora, quero que vocês vão embora. Não podem ficar aqui nesta noite. Eu e meus amigos temos um trabalho a fazer e vocês só iriam atrapalhar.

Os três deixaram a casa apressados, em silêncio.

1939

— George, venha para dentro de casa, saia do sol! Já!

— Não adianta chamar, tem que buscar o peste. O patrão vai ficar furioso quando ver que os moleques escureceram. Vai dar problema pra gente.

As duas empregadas brancas, de uniforme azul, desceram à praia e foram pegar o menino.

O velho Krishna, sentado em sua esteira, parecia dormir, mas observava a cena. "Querem que o menino seja branco, um falso branco como eles. Como se os brancos de verdade não notassem a diferença..."

A branquidão invadira o que um dia havia sido o refúgio de Krishna, Matilda e seus amigos. Os filhos construíram uma luxuosa réplica de mansão inglesa ao lado de onde o pai morava. Na comparação entre as duas construções, a casa de Krishna parecia uma cabana decrépita. Seria demolida assim que Krishna morresse. Ele sabia, mas isso não o perturbava. Todas as casas são tendas de armar e desarmar. Ele tinha apenas uma preocupação: como morrer? Não havia mais ninguém para ajudá-lo a morrer.

Na mansão, todos eram brancos. Os três filhos trataram de se casar com brancas e o neto mais velho também se casou com uma branca. Eram elas, as brancas, que amavam os Hamptons. Passavam lá grandes temporadas, com as crianças. Mas todas evitavam se aproximar de Krishna, um cão velho, pestilento e ainda perigoso. Os filhos, que nunca apareciam por lá, faziam questão de mandar médicos e manter duas enfermeiras no lugar, mas todos esperavam Krishna morrer para liberar a área, para que o passado fosse esquecido e reinasse a luz branca. Krishna também queria morrer, mas como? Ainda tinha medo, e já não tinha forças. Não havia ninguém que o ajudasse. A última a partir fora Ermine, a boa amiga Ermine. Ela saberia o que fazer.

Krishna lembrou-se de Ermine jovem, dançando com Matilda. Então, Matilda virou-se para ele e disse:

— Vem, dança comigo.

— Matilda, eu já disse, não sei dançar.

— Como não? Você dança tão bem na cama!

Ah, isso foi em Maracaibo! Matilda ensinou Krishna a dançar. A dançar com ela e só com ela. Porque dançavam o tempo todo, bebendo nos bares, cambaleando pelas ruas, olhando os barcos, enganando os brancos...

E, num rodopio, ela se juntou ao corpo dele e sussurrou:

— Vamos dançar deitados...

Krishna se deitou e Matilda disse baixinho:

— Batula, meu amor, fica tranquilo, os brancos tomaram nossos filhos, mas nossos netos serão escuros como nós.

E ela mostrou tudo o que aconteceria: as luzes de outras estrelas que não podiam ser vistas, os outros planetas, viagens ainda maiores que aquelas que os dois fizeram.

Foi assim que Batula morreu, feliz.

O nome da mãe

Damiana não foi condenada à morte. Foi condenada a deixar de existir.

Este foi o acordo: ela deveria sair da cidade e nunca mais voltar. Sair sozinha, com as roupas que vestia e nada mais. O filho dela? Aquele menino de dois anos? Esse ficaria, e nunca mais ouviria a voz da mãe. Esqueceria aquela mãe. Podia ficar com a família da Damiana, mas o nome da mãe jamais seria pronunciado. Damiana deveria ser a mãe que abandonou o filho.

Damiana aceitou. A outra opção era ver o filho, a mãe e os irmãos serem mortos com ela. Se pudesse, voltaria atrás, deixaria aquele tenente-coronel se aproveitar do seu corpo. Não teria rasgado a cara dele com a faca, mas agora...

Ficou na rodoviária sozinha, olhando a TV sem ver nada. Sabia que Juca, seu irmão mais novo, estava ali em algum lugar, escondido, despedindo-se. Mas Juca não podia se aproximar, porque quatro PMs vigiavam Damiana até o embarque no ônibus. Os olhos de Damiana estavam secos, das tantas lágrimas dos últimos dias. Então ela pegou o ônibus e nunca mais voltou àquela cidade.

5 de novembro de 1961

Naquela noite do dia 5 de novembro de 1961, Lal Deonarine está furioso. Não dorme há três dias, preocupado com o futuro de sua empresa, exasperado com a esposa e irritado com seu médico, que o aconselhou a procurar um psicanalista.

Até a neta, que é a coisa que ele mais ama no mundo, o perturba: Matilda é linda como uma princesa, mas uma princesa indiana de pele escura. É a maldição dos Deonarine!

Se pudesse, Lal já teria abandonado o sobrenome Deonarine, não entende a teimosia da família em manter aquilo. Ok, ele sabe: a avó Matilda era uma macumbeira do Caribe e o velho Krishna parecia um faquir. Mas a família já embranqueceu faz tempo! Moram num prédio de brancos ricos, fazem negócios com brancos, frequentam festas de brancos. E todos os pretos, latinos, judeus, árabes e indianos com quem Lal tem contato o tratam como um branco rico. Nenhum diria que Lal é um deles.

Mas, hoje de manhã, no elevador, uma vizinha branca lançou para a pequena Matilda um olhar que fez Lal estremecer. Por isso, está furioso com seu filho: por que ele tinha que casar com uma brasileira? A maldita cor da pele...

Para completar a desgraça, Lal brigou com June, sua jovem amante de 23 anos, porque no dia anterior ele não quis ir com ela ao show de um cantor de folk num porão do Carnegie Hall. Por culpa de June, ele já tinha visto o tal cantor antes, no Gerdes Folk City: um moleque classe média pretensioso que finge ser um velho mendigo desafinado. Insuportável!

Por isso, nessa noite Lal está desacompanhado no Village Vanguard. Com a cabeça fervendo demais para prestar atenção na entrada dos músicos ou reparar que Ahmed Abdul-Malik está com um instrumento indiano, uma tambura.

Então acontece algo. Primeiro vem o som das cordas da tambura, depois a bateria de Elvin Jones, então entra um dos baixistas (são dois), o clarinete de Eric Dolphy e o saxofone de John Coltrane...

Lal entra em transe. A música, "India", segue por cerca de quinze minutos. Mas, naqueles minutos, Lal mergulha em lembranças da antiga casa de praia onde morava seu avô. O velho Krishna, que morreu com mais de cem anos.

Krishna pouco falou depois dos noventa anos. E, no final, eram quase sempre só frases desconexas que misturavam inglês e creole com palavras de algum dos tantos idiomas da Índia. Às vezes conversava com Matilda, sua falecida esposa. E cantava, cantava.

Na época, Lal tinha medo do avô. Achava sinistras aquelas canções. Mas, ao som de Coltrane, Lal fez as pazes com Krishna. Quando "India" terminou, Lal não está mais furioso: está transformado.

Se Lal Deonarine fosse músico, teria partido para a Índia. Para viver um tempo por lá mergulhado no estudo da música indiana, fundindo aquilo com jazz e Bach. E então voltaria aos Estados Unidos com seu jazz espiritual. O saxofonista Pharoah Sanders o apresentaria a John Coltrane, e os três, mais Alice Coltrane, Babatunde Olatunji e Ravi Shankar se juntariam para gravar um disco que mudaria a história do jazz.

Mas Lal não era músico, era um homem de negócios rico. Depois daquela experiência transcendental no Village Vanguard, tomou três decisões. A primeira foi encomendar à sua equipe de criação uma linha de vestuário e objetos de decoração inspirados na Índia para um novo braço da empresa batizado com o nome da família: Deonarine. A segunda: patrocinou um programa de TV dedicado à yoga. A terceira decisão foi a mais pessoal e a que exigiu mais coragem: redecorou seu grande apartamento no Upper West Side ao estilo indiano. Danem-se os vizinhos!

Ainda assim, Lal sentia que não era o bastante. Então, no fim de 1962, fez sua primeira viagem para a Índia. Instalou uma filial da Deonarine em Bombaim e a empresa passou a importar tecidos e vestuários indianos. Quando, anos depois, a onda indiana conquistou o mundo da moda, a Deonarine foi uma das empresas que mais lucraram. Os Beatles foram praticamente seus garotos-propaganda, e sem receber nada por isso! Mas antes disso, no início de 1963, nos tempos em que os Beatles ainda usavam aqueles terninhos pretos de bancários ingleses, Lal foi apresentado em Nova Delhi a John Kenneth Galbraith, embaixador dos Estados Unidos. Galbraith ficou surpreso com aquele caso de empresário norte-americano de origem indiana que, bem-intencionado, deseja ajudar a Índia. Lal parecia ter potencial no trabalho de relações públicas da embaixada. Sob a orientação de Galbraith, Lal fez uma grande doação para o Instituto de Tecnologia de Kampur (a maior parte do dinheiro foi repassada ao empresário pela CIA). Lal também pagou uma bolsa de estudos para Rajiv Alluri, um garoto prodígio da música erudita. E chegou a tirar uma foto ao lado do primeiro-ministro Jawaharlal Nehru.

Em julho de 1963, Galbraith foi substituído por Chester Bowles, que imediatamente encampou a ideia de transformar Lal Deonarine em símbolo da união entre Índia e Estados Unidos. Surgiram, porém, dois problemas. Alguém do Serviço de Imigração argumentou que havia indianos demais tentando entrar nos Estados Unidos, e a última coisa que se queria era ver aquele empresário bem-sucedido propagandeando a realização do Sonho Americano, incentivando morenos sem dinheiro a tentar a sorte na América. O outro problema era que, enquanto Galbraith, Bowles e todos os americanos da embaixada viam Lal como indiano, os indianos o viam como americano. Foi essa segunda razão que foi apresentada a Lal na hora de dispensar seus serviços.

Lal ficou chocado. Como não o reconheciam como indiano? Ele passara a se bronzear e até usava o paletó à moda Nehru!

Depois de semanas sofrendo, Lal teve a ideia de recuperar a história dos Deonarine. Para esfregar na cara daquela gente, mostrar que havia um passado da família naquele país.

O problema é que só conhecia a história oficial: Krishna e Matilda chegaram aos Estados Unidos como tantos outros imigrantes pobres, sem dinheiro algum. Tinham passado por muitas dificuldades, mas economizaram, trabalharam duro, com persistência, e venceram: ficaram ricos. Sabia-se que os dois chegaram em um navio vindo da Venezuela. Mas não existia nenhum registro deles anterior a isso. No caso de Krishna havia o sobrenome, Deonarine. Mas Matilda, nem isso: ela entrou nos Estados Unidos como Matilda Deonarine. Na família, havia a certeza de que ela vinha de algum lugar do Caribe, até porque era muito ligada ao vodu e coisas assim. Era só isso o que se sabia dos dois.

Lal contratou um grupo de pesquisadores para descobrir a história de Krishna Deonarine. Os pesquisadores foram voltando no tempo: conseguiram localizar a passagem de Krishna pelo Suriname, aonde chegara em um navio que partira de Roterdã, em 1862. Depois de meses de pesquisa, descobriu-se o registro de um Krishna Deonarine que desembarcara na Antuérpia, em 1858, em um navio vindo de Hong Kong. Não havia registro de um Krishna Deonarine embarcando em Hong Kong entre 1857 e 1858, mas, a partir dessa referência, os pesquisadores chegaram a uma pequena cidade nas montanhas do norte da Índia, onde um certo Krishna Deonarine era lembrado nos registros históricos como um herói local da Rebelião Indiana de 1857. Ele havia desaparecido naquele mesmo ano para fugir da repressão inglesa.

Lal estranhou: o avô havia falado de sua terra natal em alguns momentos e dizia ser à beira-mar. Mas Lal também se lembrou da vez em que o avô, já com mais de noventa anos, o chamou e sussurrou:

— Menino, cuidado com os ingleses. Fique de olho bem aberto: se aparecer algum inglês, me avise.

O velho com certeza pensava nas heroicas batalhas da Revolta de 1857.

Seja como for, Lal ficou muito orgulhoso. Foi à cidade natal de seu avô e a presenteou com uma estátua de Krishna Deonarine. Fez questão de levar sua neta, chamada Matilda em homenagem à antepassada. Mas a menina odiou tudo aquilo, queria ser uma garota americana normal. Do passado indiano da família, só queria saber daquele colar de safira herdado da bisavó.

A volta do pai pródigo

Joseph via o rosto do pai todos os dias. Tinha uma grande foto dele na sala principal. No jardim, um grande bloco retangular de pedra sobre uma placa de mármore branco era, supostamente, um retrato do poderoso John Everett Cotten. E todo dia, ainda que sem pronunciar o nome, alguém na casa se referia àquele homem. Sim, aquilo era chamado de "casa" pelas pessoas que viviam ali. Mas quem olhava de longe pensava ser apenas uma grande rocha. De perto parecia uma fortaleza ou o mausoléu de algum ditador.

A construção enorme, de pedra e concreto, toda em linhas retas, era uma mistura do modernismo mais sóbrio com a mais austera arquitetura medieval europeia. Escura por fora e por dentro. As pequenas janelas serviam apenas para que alguma iluminação entrasse na casa. Não eram feitas para que as pessoas admirassem a vista lá fora. Até porque não havia muito o que admirar naquela planície que no inverno ficava totalmente branca e no verão era tão seca que doía os olhos.

Em uma das paredes do quarto de Joseph, logo abaixo de um crucifixo, uma outra foto, pequena, mostrava ele, aos quatro ou cinco anos, ao lado do pai. O crucifixo era uma peça espanhola do século XVIII, esculpida em madeira escura com um detalhismo cruel. O Cristo, agonizante, de boca entreaberta, suplicava que Deus ou qualquer um o tirasse dali.

Aos pés do crucifixo, John e Joseph Everett Cotten estavam sérios, tristes. Como se fotografados no Calvário, no dia da Crucificação.

Aquela foto era a única prova conhecida por Joseph de que em algum momento os dois estiveram juntos. Por isso, ficou surpreso quando seu tutor, o senhor Eimeric, comunicou que o senhor Everett Cotten estava ali. Joseph tinha então dezessete anos.

Fechou o livro, *Exercícios Espirituais*, de Santo Inácio de Loyola, e se levantou sem dizer uma palavra. Foi vestido pelos empregados e desceu as escadas. Estava nervoso por não saber se deveria dizer "pai" ou "senhor".

O tutor o acompanhou pelo jardim, então parou e disse:

— Vá.

Apontou em direção ao lago.

Era primavera, então os obstinados arbustos estavam verdes. O pai o esperava sentado em um banco, de frente para o lago artificial. Foi com algum esforço que aquele homem corpulento se levantou ao vê-lo se aproximar.

— Joseph! Que bom te ver!

"Que bom te ver!" Mesmo sem lembrança de ter algum dia ouvido o pai dizer qualquer coisa, Joseph adivinhou se tratar de uma frase repetida o tempo todo, para todo mundo. O olhar do pai expressava cansaço, sem qualquer vestígio de alegria ou prazer.

Como que obedecendo a um protocolo, Joseph Everett Cotten abraçou John Everett Cotten e disse uma palavra que jamais havia pronunciado até aquele dia: "papai". Os dois então se sentaram no banco. Com olhos fixos no lago.

— O senhor fez uma boa viagem?

— Viagem?

— Até aqui...

— Ah, sim...

Silêncio. Então o velho falou:

— Os médicos dizem que você não tem mais nenhum problema de saúde. Isso é bom...

— Agradeço ao senhor.

Joseph se referia ao Senhor Deus ou ao senhor Everett Cotten? Talvez aos dois, que naquela casa eram quase um só.

O pai continuou:

— E o senhor Eimeric diz que você é um excelente aluno. Bom... Ele diz que você se interessa por teologia... muito bom... teologia é bem útil em nosso negócio. Ensina humildade, paciência, os limites da inteligência humana... ensina a aceitar o destino... sim... O senhor Eimeric diz também que você se interessa por astronomia... astrofísica, não é? Diz que você fala em estudar astrofísica, é isso?

Joseph percebeu que era mesmo uma pergunta. Balbuciou:

— Sim.

— Sei...

Silêncio.

— Joseph, você costuma vir a este jardim?

— Não muito. Fico mais em casa e na sala de ginástica.

— Sei... Quando comprei a casa, não tinha a sala de ginástica. Eu mandei construir. Para você. Sabia que um dia você ia precisar. Era um menino muito fraquinho, doente... sempre em hospital... Sim... hmm... Mandei também recuperarem este jardim. Acho que foi então que alguém teve a ideia de trazer este banco de pedra. Acho que não estava aqui antes... não sei... Nada foi feito por mim, mas gosto do resultado. Este banco, este jardim, esta casa... nada disso foi feito por mim. Foi feito para mim, para você, mas não por nós...

O pai ficou em silêncio por alguns segundos, parecia ter adormecido. Mas Joseph não se atrevia a conferir. E então o velho retomou:

— Sabe, Joseph, nós não somos gente que faz. Não fazemos nossas roupas, nossa comida, não arrumamos a nossa cama, não limpamos a nossa casa, não dirigimos o nosso carro, não cuidamos do nosso jardim... Nosso poder, o poder de pessoas da nossa posição, é fazer alguém fazer as coisas para nós. Trabalho... sim... trabalho... hmm... Outra desgraça: as ideias. Vi muita gente como nós se arruinar por causa das ideias. Perderam todo o dinheiro, tudo, por acreditarem em uma ideia. Nós não podemos nos dar ao luxo de ter ideias, não podemos ser irresponsáveis a ponto de acreditar em ideias. Nós pagamos para alguém ter ideias e pagamos para alguém enfiar ideias na cabeça de outras pessoas. E também pagamos para outras pessoas aprenderem coisas, saber como as coisas funcionam. Como funciona um motor, por que a Terra gira, não precisamos saber nada disso. Saber ganhar mais dinheiro, é só isso que precisamos saber. E, quase sempre, no ponto a que chegamos, a melhor forma de ganhar mais dinheiro é não fazer nada.

Silêncio, de novo. Joseph fica em dúvida se é para dizer algo.

— Sim, papai.

Isso parece acordar o pai:

— Joseph, você não vai estudar astrofísica...

O rapaz gelou. Não protestou, mas não disse "Sim, papai". Ficou em silêncio.

— Quando assumi o negócio do seu avô, já éramos multimilionários, quase bilionários. Hoje somos multibilionários. Não vou conseguir que sejamos trilhardários. Essa missão é sua. De agora em diante, eu vou te preparar. Amanhã, um carro vem te buscar. Você vai aprender comigo.... Agora vá para casa arrumar suas coisas.

O rapaz se levantou.

— Obrigado, papai.

Mas o velho não respondeu nada. Ficou sentado, olhando o lago, enquanto o filho caminhava cabisbaixo até a casa.

A pequena aranha

Lindalva subiu ao terraço do prédio para fumar um baseado e tomar fôlego. Estava furiosa até com a gentileza e as boas maneiras com que fora tratada na reunião. Furiosa com a falsidade. Apesar dos salamaleques progressistas e da zumbaia anticolonialista, o eurocentrismo reinava firme.

Então reparou na moça nova da manutenção, no alto da torre da antena. Só de olhar, sentiu um pouco de vertigem.

— Ei, Damiana, você não tem medo não?

— Nãaa... E já estou descendo... só vou apertar este parafuso.... Pronto!

Lindalva olhou a caixa de ferramentas. Viu uma marreta enorme. Damiana tinha dezenove anos, mas parecia ter treze. Como conseguia levantar aquela marreta?

Ficou observando a agilidade da mocinha descendo a torre. Uma pequena aranha.

— Seu nome é Lindalva, não é?

— Na maior parte do tempo.

Damiana deu um sorriso.

— O povo da comunicação pensou que era um problema no programa. Acho que não. São os parafusos, estavam frouxos, e a antena estava balançando. Agora vai funcionar, certeza.

Lindalva olhou para a torre.

— Essa antena... As meninas da comunicação inventam cada uma... Qualquer hora vão achar que é melhor a gente se comunicar por sinais de fumaça ou pombos-correio.

— É verdade... Nosso departamento de destecnologia.

As duas deram risada.

— Lindalva, você está na Organização faz muito tempo?

— Alguns muitos anos.

— Toda essa preocupação com segurança... A Organização já teve problema com a polícia?

— Já teve. Na Guatemala, na Turquia... mas aqui no Brasil, nunca. Mesmo assim, a gente tem que seguir todos os procedimentos. E respeitar as leis. As leis, ah... As europeias são muito certinhas. Eu queria que a gente fosse digna de ter problema com a polícia. Queria que a gente fosse mais perigosa.

— Não sei... já tive problema com a polícia. Acredite, não é uma boa ideia.

E sobre esta pedra edificarei minha igreja

John Everett Cotten gastava alguns milhões de dólares para nunca aparecer nas listas de homens mais ricos do mundo. Sua participação em milhares de empresas costumava ficar escondida sob toneladas de véus bordados pelos melhores contadores. Uma equipe de assessores de imprensa impedia que o nome dele fosse citado na mídia, e se tais assessores não funcionassem havia os advogados. E, em casos mais extremos, os diretores, assessores e consultores sabiam jogar sujo com os curiosos.

Jamais foi visto em eventos ou restaurantes. Quando passava o dia em alguma de suas empresas, costumava levar uma marmita com mingau. Comia aquilo sozinho, em alguma sala esvaziada com antecedência. E sempre vigiada por silenciosos seguranças.

Era um senhor muito discreto, que falava baixo. Mas ninguém ingressava no grupo dos mais poderosos do planeta sem saber que era recomendável temer John Everett Cotten.

Dinheiro e carne, espírito e matéria

Se Joseph estava bem preparado para algo, era para fazer silêncio. Então adaptou-se de imediato ao silêncio paterno. Raramente falavam de algo que não fosse relativo ao trabalho. Faziam as refeições em silêncio. A comunicação com funcionários era reduzida ao mínimo.

No início, Joseph nem sequer perguntava ao pai o destino das viagens que faziam. O velho passava a maior parte do tempo em seu grande jato particular, de uma reunião para a outra, de uma propriedade para a outra. Quase nunca dormiam mais de duas noites no mesmo lugar. Everett Cotten tinha mansões em vários cantos do mundo, mas não morava em nenhuma. Era comum chegarem a uma das casas, entrarem em uma reunião e saírem direto para o avião. Como algumas reuniões eram feitas no jardim, às vezes eles nem sequer chegavam a entrar na casa.

O filho acabou por concluir que aquela foto do pai na sala da casa onde fora criado só estava lá porque o magnata em nenhum momento entrara no lugar. O velho jamais permitiria uma foto daquelas em qualquer parede: odiava ser fotografado ou filmado. E, sem dúvida, nunca deixaria um artista o retratar. Ainda assim, quem quer que tenha cortado aquela pedra sobre o prato de mármore no jardim retratou muito bem o senhor John Everett Cotten.

*

O magnata não tinha amigos íntimos. Não tinha amigos. Poucas pessoas sabiam que ele tinha um filho, e o velho nem o apresentou como filho:
— Este é Joseph. Ele vai participar da reunião.

Ninguém questionou, ninguém perguntou quem era Joseph. Foi assim que o rapaz passou a frequentar reuniões com os diretores do conglomerado e com outros magnatas, banqueiros, presidentes, reis, ministros, generais, xeiques, ditadores...

Antes de cada reunião, John explicava ao filho o que aconteceria e quem era quem. Os Everett Cotten sempre investiram muito dinheiro no departamento de informação das empresas, localizado em Tysons, na Virginia, a dez minutos do George Bush Center for Intelligence, sede da CIA. Muitos dos funcionários do escritório em Tysons eram ex-agentes da CIA, muitos dos funcionários da CIA eram também funcionários de Tysons, que não só tinha acesso completo a todo o sistema da Central de Inteligência norte-americana como também aos computadores do FBI e dos outros órgãos de espionagem e vigilância. Ou seja, Tysons sabia tudo o que o governo dos Estados Unidos sabia, e muito mais. Ao mesmo tempo, Tysons estava livre para fazer o que nem mesmo a CIA tinha coragem de fazer.

Assim, quando entravam numa sala, John e Joseph já conheciam as ambições, os podres e o preço de cada uma das pessoas ali presentes, fossem quem fossem, banqueiros ou assistentes administrativos. Com frequência o pai mandava o rapaz fixar discretamente a atenção em um dos participantes ou em determinado ponto da discussão. Depois fazia perguntas e explicava detalhes do que tinha ocorrido. Eram essas as conversas entre pai e filho.

O rapaz não falava durante as reuniões, apenas fazia anotações. E o pai também falava pouco. O velho era um mestre das expressões faciais: sem nada dizer, com gestos mínimos, simulava concordância, contrariedade, decepção e tristeza. Às vezes parecia simplesmente estar cochilando. E, ainda que sempre saísse vitorioso, às vezes deixava as reuniões com um rosto tão triste e derrotado que fazia os outros participantes se sentirem grandes vencedores.

No início, Joseph tentava apenas disfarçar que não estava entendendo nada. E o pouco que entendia parecia não fazer sentido. Ficou surpreso depois de uma das primeiras reuniões quando o pai confirmou que, sim, Joseph tinha entendido corretamente: o banco do pai emprestaria dinheiro para o governo, que, com juros bem mais baixos, repassaria o mesmo dinheiro para outra empresa do pai construir milhares de vagões que depois seriam vendidos para o governo com lucro astronômico.

— Joseph, nosso dinheiro é para ser temido, admirado, invejado e desejado. Não usado. A gente não põe a mão no bolso: usamos o dinheiro de acionistas ou, de preferência, usamos o dinheiro do governo. Principalmente se há algum risco.

Ao fim de cinco anos desse curso intensivo, Joseph já conhecia a maior parte dos truques do pai. Conseguia até prever o momento em que John diria isso ou aquilo. Ao fim de dez anos, já sabia aplicar os mesmos truques. Foi quando John começou a fingir que tinha dificuldades para falar e Joseph passou a atuar como intérprete. O pai sussurrava algo no ouvido do filho, que supostamente repetia o que ouviu ao resto das pessoas. Na maior parte das vezes, o que o velho sussurrava eram comentários a respeito dos participantes, e não o que o rapaz deveria dizer. Os dois formavam uma dupla imbatível. Que trabalhava em silêncio.

Depois de quase vinte anos, Joseph apenas fingia se reportar ao pai. Era ele quem mandava de fato no conglomerado.

Mas ao fim de cada dia, quando Joseph voltava para seu quarto, ele mergulhava nas leituras de livros religiosos e textos a respeito de Marte. E depois rezava. Às vezes se penitenciava com um pequeno chicote.

A dona da Deonarine explica uma coisa para Peter

— Meu filho, meu amado, você é o ser mais maravilhoso do planeta, mas não tem talento, você não é artista! Seu pai, que o diabo o carregue, é um artista. Ele toca violoncelo, faz aquelas pinturas, escreve poeminhas, dança com as alunas... Peter, você não é assim! Você é outra coisa, outra coisa que eu preciso muito agora.

— Mãe, você tem esses executivos para tocarem a empresa. Eu só vou atrapalhar...

— Mas preciso de alguém de confiança! Esses executivos são parte da herança do seu avô, eu não confio.

— Mãe... é melhor você confiar neles. São mais preparados que eu.

— Muito bonito! Assim você se livra de tudo e segue nessa vida de playboy: carros e mulherada! Tudo pago por mim!

— Não tem carros, não tem mulherada e eu não tenho jeito para ser playboy. Você me criou para isso, mas, desculpa, não sei ser playboy.

— Não sabe ser playboy? Então eu explico: é luxo, carro, mulher, roupa sob medida, luxo, festa, mulher, iate, acordar ao meio-dia, viagem, sapato italiano, luxo e cargo de herdeiro da empresa da família. Admito, eu colaborei, mas você tem se saído muito bem para quem não sabe ser playboy. Imagina se soubesse!

— Talvez você tenha razão... Mas me cansei disso, tenho quase trinta anos. Quero seguir com minha profissão, ser fotógrafo...

— E eu te bancando, não é?

— Não, mãe. Economizei um dinheiro. Eu toco minha vida, pode guardar seu cartão... fica tranquila...

— Toca sua vida com a fotografia...

— É isso... se der pouco dinheiro, viverei com pouco dinheiro...

— E se o pouco dinheiro não der nem para pagar o aluguel? Vai pedir pra quem? Pra mim, não! Peça pro seu pai mandar lá da Alemanha!

Rajiv Alluri, violoncelista da orquestra alemã Gürzenich e pai de Peter, foi o relacionamento mais longevo de Matilda Rienzo: cinco anos turbulentos. Já o casamento que rendeu a Matilda o sobrenome Rienzo durou seis meses. Ela adorava dizer que tinha se casado com o estilista Adrian Cola Rienzo apenas para ganhar um sobrenome ocidental fino. "No fim, custou caro! Dava pra ter casado com um nobre inglês ou um cardeal espanhol!".

— Peter, nem estudar você estudou. Sempre foi vagabundo na escola. Nunca te vi com um livro na mão, só manuais de máquinas. Ai, ai... o que é que eu criei? Um filho ingrato e bobo...

Quando Matilda estava bêbada assim, o filho sabia que não adiantava argumentar. Ele continuava a arrumar a mala enquanto ouvia:

— Ah, sim, e vai deixar esse apartamento com vista para o Central Park para morar numa cabana onde? Em Jersey?

"Jersey", no vocabulário de Matilda Rienzo, significava a "Little India" de New Jersey, o enclave indiano da Costa Leste e, portanto, o atraso, o ralo do poço para quem, como ela, passara a vida tentando não ser vista como "asiática".

— Peter, você fotografa as coisas para os meus catálogos porque é meu filho, mas você nem gosta de fotografia, você gosta das máquinas fotográficas. Como gosta de carros, gosta de ver os teares, como tinha mania de desmontar os videogames e brinquedos... Peter, você gosta é de máquinas e de bichos. Você não é artista.

— Mãe... eu já tenho um trabalho... Vou cobrir a Fashion Week de Barcelona para a revista do Milton...

— O Milton te arrumou o trabalho porque pensou que fosse um favor para mim! Não vê?

O pior para Peter Alluri era saber que a mãe tinha razão. Então só pegou a mala e saiu.

Vamos!

— Vamos!

— Não dá, Lindalva. Eu já não aguento nem esses dois mil quilômetros de distância do meu filho, imagina ficar com um oceano inteiro no meio.

— Dami, a Organização agora vai entrar numa fase nova. E a estreia vai ser o resgate do Pedro. Indo ou não pra Suécia, você vai estar com seu filho, isso a gente garante. Não é possível isso que está acontecendo! Como a gente pretende resolver o problema de tanta gente se não damos conta do problema nem da gente aqui de dentro? Já falei pro resto da diretoria: antes de ir pra Suécia, vou buscar o Pedro pra você.

— Mas se virem minha cara lá... vai ser uma desgraça!

— Você não vai. É melhor. Vamos eu, a Marion e as aranhazinhas. A gente resolve.

— Resolve como? Lin, é milícia, você não sabe... E tem meus irmãos, eles podem ficar em perigo!

Lindalva sabia que Damiana, apesar da força e agilidade, jamais seria do serviço de campo. Não gostava de violência. Uma pena.

— Dami, fica tranquila, estou me preparando pra isso faz tempo. Chegou a hora da vingança.

Cécile e Jane

Ao sair do crematório de Clamart, Jane Nardal foi andando pela calçada da rua de la Porte de Trivaux até se lembrar do carro que deixara no estacionamento. Então começou a voltar. Era uma rua tranquila, bem arborizada, à beira do parque. Uma mulher tentava convencer a filha a ficar no carrinho de nenê, mas a menina, de uns três anos, queria andar. Um trabalhador da Orange/Télecom descarregava seu equipamento de um furgão. Um ônibus passou tão lentamente que Jane até reparou no grupo de adolescentes que riam lá dentro, por alguma bobagem, com certeza.

Ela demorou um pouco procurando o carro no estacionamento. Havia muitos parecidos, quase todos escuros. Jane não entende nada de carros, até já esqueceu a marca do carro que alugou. Então se lembrou de apertar o botão da chave e seguiu o sinal de um carro que estava afastado da área onde ela se encontrava.

Entrou, preparou-se para ligar o motor. Então abaixou a cabeça e chorou. Chorou porque estava sozinha, não tinha ninguém vendo. Chorou porque estava sozinha no mundo, sem pai nem mãe, sem namorado e, desde anteontem, sem irmã. Tinha apenas o trabalho, que odiava.

Memphis

Joseph achou curioso descobrir seu apelido: Memphis. Foi o que apareceu em mensagens e telefonemas de alguns diretores de seu conglomerado, grampeados por Tysons. O porquê do apelido não conseguiu descobrir, sendo mais provável o fato de a central de auditoria do conglomerado ficar naquela cidade do Tennessee.

Até como alerta aos diretores, resolveu começar a assinar suas mensagens com o nome Joseph Memphis, ainda que nos contratos da empresa continuasse a ser J. Everett Cotten. Oficialmente, ele seguia o que o pai mandava. Mas todo mundo já sabia quem era o novo chefe.

Pedro, Pedrinho

O menino estava assustado. Tinha sete anos, estava de mãos dadas com Lindalva e parecia ter mais confiança nela que na mulher que se aproximava, em lágrimas.

— Meu filho, meu amor, amor da minha vida! É a mamãe!

Eram muitos beijos e apertos. As duas mulheres se ajoelharam num único abraço em torno dele. O menino não sabia o que fazer. Então os três choraram juntos.

Peter quase aprende mais algumas coisas

— Tenho visto o jeito respeitoso com que você trata todo mundo, cheio de "por favor" e "obrigado"... Será que ninguém até hoje te explicou que isso não é profissional?

Peter Alluri estava abaixado, arrumando seu equipamento, e quando levantou a cabeça para ver quem estava falando quase caiu sentado. Jane Nardal, a terrível! A modelo famosa pelo gênio ruim. Ela nunca tinha falado com Peter:

— Neste nosso negócio, é preciso, mais que tudo, ter noção de hierarquia. Você não pode dizer "por favor" para o executivo da Kering da mesma maneira que fala "por favor" para a moça que traz a água. Se você trata todo mundo bem do mesmo jeito, fica parecendo que é daquele tipo mais desprezado em nosso meio: o novato deslumbrado. Você não quer parecer um novato deslumbrado, quer?

Peter reparou no copo de uísque na mão dela.

— Senso de hierarquia, senhor Alluri, isso é muito importante. Trate cada um de acordo com a posição na cadeia alimentar. Ou então faça como eu: trate todo mundo mal. Trato mal os de cima porque não sou capacho de ninguém, e trato mal os de baixo porque odeio essa gente que faz de tudo para subir. E sabe o quê? As pessoas me adoram. Me odeiam, mas me adoram. Sadismo e masoquismo andam juntos...

— Obrigado pelo conselho — disse Peter ao se levantar — Tchau!

— Ei, espere, Peter, não te falei... andei vendo suas fotos, são bem interessantes. Você não tem jeito para fotografar moda, mas é muito bom...

— Tá. Obrigado! Tchau.

E Peter foi andando como se estivesse atrasado para algo. "A diaba não fala com ninguém, nem cumprimenta as pessoas, e resolve jogar o verbo justo pra cima de mim?"

Na noite seguinte, Peter estava perdido numa festa num bar esfumaçado em algum lugar de algum prédio da plaza del Rey. Tinha sido levado para lá por um fotógrafo argentino e um desenhista brasileiro. Mas os novos amigos desapareceram e Peter estava sozinho quando sentiu um toque no braço. Era ela.

— Desculpe-me por ontem. Devo ter soado arrogante... Não... Fui arrogante mesmo, grosseira... Estava irritada com outras coisas... Mas a parte em que falo bem de você é verdade... Vi suas fotos... Dei uma pesquisada e gostei muito. Você é bom! Não para fotografar desfiles, te falta o timing, desculpe se isso te ofende. Você é bom de texturas. Pega bem os tecidos... a textura, as cores, a luz, as dobras e o encontro com as peles...

Peter quis fugir, mas não soube como. Então ficou ouvindo. E Jane Nardal, que era famosa pelo silêncio agressivo, falou e falou, sorridente. Estava abandonando a carreira de modelo e queria virar jornalista. Queria pesquisar os tecidos e quem fazia os tecidos, explicar o corte das tesouras, as costureiras, as trabalhadoras na China, o barulho dos teares, o perfume natural das fibras... A desconfiança de Peter foi se desmanchando aos poucos, até que, depois de uma hora, ele também acabou falando. Foi criado no mundo das tecelagens, sua mãe era dona de uma empresa de importação e exportação de tecidos em Nova York. Ele passou boa parte da infância e adolescência acompanhando-a em viagens de trabalho para lugares como Surat, Dakar e Shaoxing.

Foi em outro bar, mas na mesma noite, que Jane disse:

— Eu quero é ir para Moçambique! É sério! Para o Dia da Mulher Moçambicana, no dia 7 de abril. É feriado nacional, em homenagem a uma guerrilheira que lutou pela independência do país. Dizem que todas as mulheres saem com suas roupas mais lindas, coloridas. Estou tentando convencer a revista *Elle* a bancar uma reportagem. Você... topa ir comigo?

Claro que sim. Naquela hora da madrugada, teria topado mesmo que ela o convidasse para ir a um campeonato de palavras cruzadas ou para assaltar um banco.

Keep walkin' and don't look back

— Por muito tempo, mesmo aqui na Suécia, continuei com medo da milícia aparecer. Temi por meu filho. Eu andava pela rua olhando pra trás.

Damiana não percebeu, mas o que inspirou suas palavras foi o tanto de cerveja que ela, Lindalva e Marion tinham bebido e também Peter Tosh e Mick Jagger cantando bem naquela hora: *"keep walkin' and don't look back"*.

— Você é muito louca! — riu Marion — Do jeito que deixamos a coisa lá sua cidade, o tal tenente estuprador e a milícia tinham muito mais com que se preocupar.

— Como assim?

— Ué, você não sabe?

— Não sei o quê?

— Lindalva! Você não contou pra Dami o que aconteceu?

— Dami! Eu achei que você sabia, achei que sua família tinha te contado!

— Meu irmão contou que ficou tudo bem. De vez em quando a gente se fala, está tudo tranquilo por lá. Mas do que vocês estão falando?

— Lindalva! Que crueldade com a amiga! — Marion dava gargalhadas.

— Mas juro que eu achei que ela sabia!

Damiana não estava entendendo nada.

— Porra, sabia o quê?

— Dami, a Lindalva botou o terror lá na milícia! Ela... bem... fez um coronel e um juiz ligados à milícia morrerem, e deixou a coisa de um jeito que o resto do bando ficou na certeza de que o culpado era o tenente. Aliás, Lindalva, pegaram ele?

— Vixi! Ele tentou fazer um acordo com a Justiça, entregou a milícia toda... Mas logo depois teve um ataque cardíaco...

— E a Organização não tem nada a ver com o ataque cardíaco, tem?

— Bom...

Marion não conseguia parar de rir.

Damiana virou para Lindalva com aquele olhar que dizia: eu te amo.

Josina Machel

A viagem para Moçambique foi o momento decisivo na carreira tanto de Peter como de Jane. Ela dirigiu quase todos os cliques dele: "Olha isso", "Vai mais perto", "Aproveita o sol", "Sai da luz", "Tenta assim"... Foi a primeira vez que ele fotografou para uma revista importante, e foi um sucesso. A *Elle* amou e, lá de Nova York, Matilda mandou uma mensagem com a foto da página dupla de abertura da matéria. A mensagem era uma sequência de quinze coraçõezinhos.

Logo depois, Peter e Jane foram para os Açores, iam fazer uma matéria sobre a tecelagem local. E, enquanto preparavam as malas para viajar ao Brasil para uma matéria a respeito de bordadeiras, veio o convite do National Cotton Council of America para uma conversa. Peter não ficou tão surpreso: no dia anterior, Matilda tinha ligado. Ele não havia recebido convites de outras revistas ou, por acaso, de alguma instituição? Peter foi com Jane para o Brasil, fez a matéria e de lá seguiu para Washington, onde fechou um contrato para se tornar o fotógrafo oficial da NCCA.

Meses depois, a BBC convidou Peter para ser o diretor de fotografia de uma série sobre a história da indústria têxtil britânica. Em meio aos preparativos para a produção da série, Jane e Peter resolveram se mudar para um apartamento em Londres. Foi por isso que Jean, o filho do casal, nasceu na Inglaterra.

Quando Jane ficou grávida, o casal decidiu continuar na cidade, mas numa casa com quintal. Acabaram se encantando com um sobrado em Brixton. O lugar estava bem estropiado, depois das diversas adaptações à moda arquitetônica dos anos 1950, 1980, 1990... Jane achou lindo o entusiasmo com que Peter se jogou no trabalho da reforma e como ele se enturmou com o mestre de obra, os pedreiros, marceneiros, eletricistas e encanadores.

Ficou uma bela casa. No térreo ficava a sala de estar, um quarto de hospedes, a área de serviço e uma grande cozinha, que se abria para o quintal. No primeiro andar, ficavam os quartos do casal e de Jean. O segundo andar era uma mistura de biblioteca, escritório e sala de brinquedos. No subsolo, Peter montou o laboratório fotográfico, a oficina e a marcenaria. O piano de Jane ficou na sala de estar.

A compra, junto com a reforma, foi cara. Jane tinha bastante dinheiro, Peter nem tanto. Mas mamãe Matilda, ainda que mantendo distância, estava apaixonada por Jane, por ela ter levado o filho ao caminho do sucesso, e transferiu ao filho o que disse ser a herança. "O resto eu vou gastar com boys, não vai sobrar nada". Jean nasceu lindo e forte. E a família Nardal Alluri estava sendo feliz para sempre. Foram as lições de boas maneiras ensinadas pela família Alluri que salvaram a vida de Peter. Não fosse Jane ter descoberto que ele era um rapaz bem-educado, Peter teria sido um playboy e morrido jovem e bêbado em algum acidente de automóvel ou seria um homem inútil com um cargo fictício na empresa da mãe. Jane ensinou Peter a ser um fotógrafo de verdade, e muito mais. Por causa de tantos "por favor" e "obrigado", Peter estava vivo e casado com a mulher mais maravilhosa e tinha o filho mais maravilhoso do mundo.

Essa seria a versão de Peter da história.

Peter sabe que para Jane as coisas foram bem mais complicadas. Ela ficou fascinada por Josina Abiathar Muthemba Machel, a guerrilheira que inspirou o Dia Nacional da Mulher Moçambicana mas que morreu em 1971, aos 25 anos, antes de ver seu país independente. Peter seguiu Jane em Maputo por lugares e reuniões que com certeza jamais interessariam à revista *Elle*.

Esteve presente no início de uma conversa de Jane com um grupo feminista (ou comunista ou ambas as coisas) formado por mulheres de diversos lugares do planeta. Como elas pediram que Peter não as fotografasse, ele foi dar uma volta e fotografou buracos nas ruas. Jane gostou muito das fotos.

Peter viu a fúria de Jane quando a *Elle* cortou quase tudo o que ela escrevera sobre Josina Machel. A viagem para Moçambique representou o início do rompimento definitivo de Jane com o mundo da moda.

As relações entre Jane e a editora da *Elle* pareceram se acalmar na época da matéria sobre Açores, mas se azedaram de vez na viagem para o Brasil. Jane foi com um livro de um marxista embaixo do braço e não parava de citá-lo: *Holocaustos Coloniais*, de alguém cujo nome Peter esquecia dois minutos após cada menção feita por Jane. Pelo que Peter entendeu, o livro explicava como o El Niño, a Guerra Civil Norte-americana, o imperialismo inglês e o racismo das elites brasileiras se juntaram para empobrecer o Nordeste do Brasil no século XIX. E Jane queria incluir tudo isso na matéria sobre as bordadeiras.

— Mas não dá, eu sei...

Ela disse isso enquanto tomava mais um gole da aguardente brasileira, direto da garrafa. O bar já tinha fechado, os dois estavam em um banco no jardim de um castelo em Caicó, no Rio Grande do Norte. Feita por um padre maluco nos anos 1970, era uma construção bizarra, imitando o estilo mourisco, e tinha virado museu. Mas o bar que tinha ali fazia bem mais sucesso que o próprio museu. Seja como for, era lindo como cenário para Jane reclamar da vida:

— Vão dizer que estou fazendo propaganda socialista e, de verdade, é isso mesmo. É exatamente isso que eu quero: fazer os leitores verem que é possível um mundo melhor, sem tanta injustiça e desigualdade... Mas a *Elle*... a revista existe para propagandear que é possível ser feliz no capitalismo...

Peter estava bem bêbado, depois de tentar em vão acompanhar o ritmo de Jane:

— Bom... eu estou feliz no capitalismo... Estou feliz de estar aqui com você.

Jane arregalou os olhos para ele.

— Peter... você já conseguiu pegar alguém com uma cantada dessas? É a pior que eu já ouvi!

Então riu, e Peter riu com ela. E os dois gargalharam juntos, felizes.

A matéria sobre as bordadeiras nordestinas foi o último trabalho de Jane para o mundo da moda. Ela decidiu se aposentar. Paradoxalmente, isso melhorou muito sua relação pessoal com muitas das pessoas com quem vivera em guerra profissional.

E Jane, que como modelo nunca sorria nas fotos (um filósofo midiático francês chegara a dizer que ela tinha o rosto da morte que ele esperava encontrar um dia), agora quase não tirava o sorriso do rosto.

Jane diz que foi Peter quem mudou sua vida. Peter acha que na verdade foi o fato de ela ter deixado o mundo da moda, ter tido um filho e, logo que mudaram para Londres, ter começado a trabalhar no escritório de uma ONG feminista que dava assistência a mulheres imigrantes. A ONG surgira na Suécia, mas tinha um nome grego: Arakhne. As histórias de vida eram sempre tristes, por conta da pobreza, da violência policial ou da crueldade da burocracia estatal, mas tudo aquilo pareceu fortalecer Jane, inclusive fisicamente. Para Peter, foi essa nova força que fez com que ela resistisse tão bem quando a doença a pegou.

Janduís

Lindalva Ferreira Dagerman. Filha de uma imigrante brasileira, Damiana Ferreira, e um pedreiro sueco, Stig Dagerman. E irmã do Pedro. Lindalva como a madrinha, Lindalva Gurgel, que, por sua vez, tem esse nome em homenagem à avó, que nasceu em Janduís, antiga São Bento do Bofete, no Rio Grande do Norte. Dizem que São Bento do Bofete tinha esse nome pelo tanto de brigas que aconteciam no lugar.

Ti' Punch

Por causa do trabalho de Jane na Arakhne, a casa deles passou a ter hóspedes com frequência. Às vezes imigrantes, às vezes dirigentes da Arakhne. A maior parte era do Caribe, da Europa e do Oriente Médio, mas havia também muitas latino-americanas, africanas, paquistanesas, indianas e até algumas japonesas e chinesas. Peter chegou a reconhecer algumas mulheres que tinha visto naquela reunião em Moçambique.

Jean, o filho do casal, foi criado naquele ambiente de mulheres desconhecidas entrando e saindo. E se acostumou a ficar com aquelas mulheres quando acontecia de seus pais terem de se ausentar.

Jane deixou de acompanhar Peter nas reportagens, o que fez ele ir desanimando do jornalismo. Gostava da companhia e das orientações de Jane. Por sorte, além de o trabalho para a NCCA ser burocrático e fácil de resolver, Peter vendeu seu catálogo de fotos por um bom dinheiro para uma grande empresa alemã que estava desenvolvendo um projeto de realidade virtual. Então podia passar bastante tempo em casa com Jean. Jane era quem viajava mais, principalmente para Estocolmo, mas também para países na África, na América Latina e na Ásia.

Foi na volta de uma dessas viagens que Jane mandou uma mensagem:

J: Estou chegando, o avião aterrissa às quatro, vamos jantar fora?
P: Que animação!
J: Saudade de ficar sozinha com você.
P: Oba!

P: Acho que o Chishuro está em reforma.

O Chishuro, um pequeno restaurante nigeriano, era um dos favoritos de Jane.

J: Quero um fora de Brixton. Quero ficar sozinha com você. No Chishuro ou nos nossos de sempre em Brixton vamos encontrar os amigos e vai virar balada.

P: Alguma sugestão?

J: Pensa aí. Um fino e bem longe de Brixton. Um desses que sua mãe gostaria.

P: Ah, um francês bem metido e cafona!

J: Exato! Para um jantar demorado!

Depois de algum tempo, Jane mandou uma mensagem:

J: A Ana vai passar aí para pegar o Jean. Ele vai dormir na casa dela.

P: A noite promete! Mas qual Ana?

J: A Rojas, ora!

Peter nunca teve certeza se a Ana Rojas era brasileira, chilena ou inglesa mesmo, mas sabia que era uma das chefonas lá da Arakhne.

P: Ok.

J: Aterrissando.

Peter recolheu rapidamente as peças do drone do Jean que estava tentando consertar. Era para ter sido uma tarefa de pai e filho, mas Jean saiu para jogar futebol, voltara havia pouco e estava agora tomando banho. Peter foi até a porta do banheiro e avisou:

— Jean, vai rápido! A Ana Rojas vai passar daqui a pouco para te pegar!

— Tô terminando!

Peter já tinha pensado em um lugar... Um novo restaurante chamado Martinique, em Clapham. Não era tão longe nem tão metido como Jane encomendara, mas parecia bem romântico. E talvez animasse Jane a fazer aquela tão adiada viagem de família para a Martinica, para apresentar Jean à terra de seus antepassados.

Jane chegou quando Peter acabava de se vestir. Ela entrou correndo, deixou a mala no meio da sala, deu um beijo apaixonado, mas ligeiro, e já foi logo para o banheiro:

— Só vou tomar uma ducha, vestir algo e já vamos.

— Calma, fiz a reserva para as sete.

— Chegamos antes e tomamos um drinque.

Jane foi bem rápida, então eles saíram às seis.

Peter estava um pouco intrigado.

— Nem sei se o restaurante já está aberto.

— Até a gente chegar lá, ele já estará aberto... Ai... esqueci meu celular.

— Quer voltar? Tem tempo.

— Não precisa. Vamos ficar só você e eu. Longe de Brixton, dos amigos e das ligações. Aliás, onde é o restaurante?

— Surpresa.

E, de fato, quando o táxi estacionou, exatos 12 minutos depois, Jane olhou surpresa para Peter:

— Já? É aqui?

Peter ficou desnorteado.

— Hã... mas acho que você vai gostar...

Jane se comoveu com a decepção estampada na cara de Peter. Eles saíram do táxi e foi então que ela viu o nome do restaurante.

— Ah, Peter! Que amor! Eu não conhecia esse restaurante.

Peter sorriu.

— É novo. Descobri nesta semana.

O restaurante estava abrindo quando eles chegaram. Jane pediu uma garrafa de champanhe, era ela quem sempre escolhia as bebidas. Depois que terminou o champanhe, pediu uma garrafa de um Chenin Blanc, do Loire, para acompanhar o *matoutou* de caranguejo. E depois um Borgonha para acompanhar a carne de porco. Peter achava engraçado que Jane amaldiçoasse tanto o colonialismo francês. Ela, que não costumava comer sobremesa, desta vez pediu um doce de leite de coco. E, para acompanhar, quis pedir uma garrafa de um Muscat de Lunel, um vinho doce do Sul da França.

— Se sobrar, a gente leva a garrafa para casa.

Mas Peter não aguentava mais nem ver uma garrafa na mesa. Então pediram duas taças de Sauternes.

Logo depois Jane estava insistindo com Peter para que pedissem um Ti' Punch, uma mistura de rum, xarope e limão que disse ser típica da Martinica, e ele resistia. Foi quando ela perguntou as horas. E Peter mentiu:

— Quase dez.

— Então agora podemos ir.

— Como assim? Por que só agora podemos ir?

— Não foi isso o que eu quis dizer, só acho que é bom a gente ir, não é?

Pagaram a conta. Jane até pensou em irem andando, mas Peter estava bêbado demais. Então saíram do restaurante, Peter quase tropeçando. O táxi já estava na porta.

Quando entraram em casa, Peter como que acordou:

— Tem alguém lá em cima.

Dava mesmo para ver que as luzes da biblioteca estavam acesas.

Antes que Jane pudesse falar alguma coisa, Peter subiu a escadaria. Em silêncio, mas rapidamente. Quando chegou ao segundo andar, encontrou duas mulheres. Uma no alto da escada, mexendo no lustre, a outra Peter reconheceu: Izzy, colega de trabalho da Jane. Ela fez um sinal para Peter ficar em silêncio. Izzy tinha nas mãos um pequeno aparelho com uma antena.

Peter virou-se para Jane, que acabara de chegar ali, e ela também fez um sinal para ele fazer silêncio.

— Nada! Tá limpo — falou a garota no alto da escada.

— Tá limpo! — disse Izzy ao virar-se para Jane.

— Vocês conferiram tudo?

— Do subsolo até aqui. Tudo limpo. Nem microfones, nem câmeras, nem druks.

— Você me ajuda com a escada? — a garota perguntou para Peter.

— Deixa que eu levo, estou acostumado — respondeu, ainda perplexo com a situação.

E enquanto descia para o andar de baixo ouviu a discussão sussurrada entre Jane e Izzy:

— Vocês falaram duas horas! Nós ficamos fora mais de quatro horas!

— Três horas e quinze minutos!

— Saímos daqui às seis!

— Então, faça a conta... Bom... Enfim... chegamos tarde, demorou mais do que previ...

Peter perdeu o resto da discussão porque foi guardar a escada no subsolo. Quando subiu, Izzy e a garota já estavam saindo.

— Tchau Peter, desculpa o incômodo.

— Tchau, Izzy.

Jane foi para a cozinha. Pegou uma garrafa de rum, pegou um limão, abriu o armário e procurou o vidro de xarope de caramelo.

— Vou te mostrar agora um Ti' Punch à moda da família Nardal...

— Jane, o que foi isso?

Ela olhou Peter como quem fosse dizer a verdade. Ficaram os dois se encarando. Então ela abaixou a cabeça, pegou a faca, a tábua e cortou o limão.

— Coisa de rotina. Encontraram uma escuta no escritório de Hamburgo, então decidimos dar uma geral rápida em todas as sedes e em algumas casas. A nossa, por exemplo. Mas está tudo bem, você ouviu a Izzy, tá tudo limpo.

— Escuta? Mas quem ia pôr escuta no escritório de vocês? Pra quê?

Ela abriu o freezer, pegou gelo.

— Ah, meu amor, você sabe... ajudamos imigrantes. Tem muita gente que não acha isso uma boa coisa...

— Vocês falaram com a polícia?

— Peter, a polícia é quem mais odeia imigrantes...

E então, com os dois copos na mão, caminhou para o banco do quintal.

— Vem...

Ficaram os dois ali, sentados no banco observando a noite, bebendo em silêncio.

Highway to Hell

Anton Ewart Schurk, mais conhecido como Tony Schurk, ficou furioso, achou que era para sacaneá-lo. A ilha era dele! Foi um presente do avô havia quase duas décadas, quando Tony fizera treze anos. Na sua opinião, todo o resto da família fez corpo mole quando o governo de Trinidad e Tobago tomou o lugar. "O PIB da porra do país é um cocô de galinha! Compre o país inteiro! Invada Trinidad e Tobago!" Mas nem o pai, nem a mãe, nem a irmã deram apoio. A mãe até tentou explicar que os conselheiros haviam sido unânimes... mas o rapaz não quis ouvir, só faltou bater nela.

Então Schurk chamou uns amigos para preparar um barco. Encheram um dos iates da família Schurk com armas, cerveja, vodca, uísque, tequila, anfetamina e cocaína. Botaram AC/DC no máximo e saíram de Barbados em direção à tal ilha. A chapação, a inexperiência com a embarcação e uma pequena tempestade atrapalharam os planos. O grupo estava aos frangalhos quando foi resgatado pela Marinha da Venezuela.

A quantidade de armas no barco chamou a atenção, alguns dos amigos de Schurk confessaram o plano e o caso virou um incidente diplomático. A família gastou uma pequena fortuna para livrar o rapaz da cadeia.

Tricô

É início de noite, as elegantes aranhas tomam chá. A mais velha diz para a mais jovem das três:

— Foi um dia cansativo, tem certeza que consegue limpar o resto? Não precisa da nossa ajuda?

— Não, vocês duas podem ir pra casa. As aranhazinhas estão chegando para me ajudar — diz a jovem aranha ruiva, de cabelo bem vermelho.

— Foi um dia cansativo, mas trabalhamos muito bem juntas — diz a aranha mais escura. — Sabe... nunca me senti parte de um país, de um povo. Meu pai falava muito das belezas da Martinica e sabia poemas do Aimé Césaire de cor, mas quando a gente ia pra lá era como se fôssemos turistas. A gente mudava muito de país, estudávamos em escolas para filhos de diplomatas, sempre cercados de gente de várias origens, éramos todos estrangeiros, em qualquer lugar... Enfim, nunca tive país, nunca tive povo nem turma. Eu tinha minha família, só isso. Meus pais e minha irmã. Então, quando meus pais morreram, eu tinha minha irmã. E quando ela morreu... Bem... eu não tinha mais nada. Me senti muito, muito sozinha. Tinha o trabalho, mas eu não tinha um bom relacionamento com a maior parte das pessoas do mundo da moda. Acho que me toleravam porque uma preta bem preta, magrela, alta e de olhos verdes é uma mercadoria um pouco rara no açougue deles. E eu era muito grosseira, tratava todo mundo mal, hoje fico até com vergonha. Vocês não conseguem imaginar como eu era insuportável e terrível.

A Aranha Vermelha:

— Consigo imaginar o quanto você pode ser má e terrível. Vi o que você fez com os nossos convidados hoje!

E as três aranhas dão risadinhas.

— Naquela época, tinha certeza que ia morrer sozinha. Então, olha só, encontrei o Peter, nasceu o Jean e passei a ter uma família. Em Brixton começamos a conviver com os vizinhos. E aí conheci vocês e nunca mais me senti sozinha.

— Uau, que lindo! — diz a Aranha Vermelha. — Um brinde a isso! Um brinde de chá, mas um brinde!

— Sem ironia com meu chá, por favor! Se vocês querem brindar com outra coisa, fiquem à vontade! — diz a Aranha Velha, rindo. — Me deixem com o meu chá! Mas conta, minha amiga... o Peter sabe da gente?

— Ele sabe do jeito dele. O Peter não é de perguntar. Se eu não conto, ele não pergunta nada. Mas, de alguma forma, está ligado que tem alguma coisa acontecendo.

A Aranha Velha se serve de chá.

— E o Jean? Como ele está? Tem quantos, treze anos?

— Catorze. E só pensa em futebol!

— Eu soube — diz a Aranha Vermelha. — Ele está treinando no juvenil do Chelsea!

— Pior que isso: foi convocado para a seleção sub alguma coisa da Inglaterra!

— Que horror! — diz a Aranha Velha.

A Vermelha discorda:

— É futebol, tanto faz a camisa!

A Aranha Negra se exaspera:

— Como assim, tanto faz? Esses dias fiz o Jean tirar uma bandeira da Inglaterra que tinha pendurado no quarto. Falei pra ele: "Nesta casa, não! Você só nasceu na Inglaterra, não é inglês! Você é preto estrangeiro". E o Peter só dando risada, vê se pode! A Matilda contou que a família deles teve que fugir da Índia no final do século XIX por causa de perseguição política do governo colonial inglês! Como pode agora o Jean querer defender a bandeira da Inglaterra?

A Aranha Vermelha dá risada:

— É uma aristocrata mesmo: defendendo as tradições da família!

— Ah, não é nada disso! É uma questão de consciência histórica!

— Consciência histórica que harmoniza bem com um *pinot noir* da Borgonha! Deixa o menino jogar futebol...
— É fase. Isso passa — interfere a Aranha Velha.
— Eu sei que passa, amiga. Dá nos nervos, mas sei que passa. Jean sempre foi assim inconstante, de extremos. Ama de paixão, só pensa naquilo e, de repente, esquece. Teve o skate, os games, as meninas...
— As meninas? No plural?
— Ah, sim! Mas, até onde sei, é tudo meio platônico. Ele se apaixona, fica zonzo por uns dias. Deixa até flores na porta, sem bilhete. E então se apaixona por outra. Ah... um volúvel! Mas é também tão amoroso. A minha doença... abalou muito ele. Acho que essa rebeldia de agora tem a ver com isso, um ressentimento.
— E você, como está? Como vai o tratamento?
— Parece que está funcionando... Mas com a minha irmã também foi assim...
— Não seja pessimista. A tecnologia da medicina está cada vez melhor.
— Sim...
A Aranha Vermelha interrompe:
— Então... É isso. Tá tarde e vocês duas precisam descansar.
— Tem certeza que não precisa de ajuda para tirar o lixo?
— Não, eu já falei: as meninas vêm me ajudar. Vão pra casa, vão.
O "lixo" são dois grandes sacos parecidos com casulos. Dentro de um está o cadáver de Oswald Lesmoy, tesoureiro do partido New British Fascists. No outro, está o corpo de Merv "Grinny", guarda-costas de Lesmoy. Nas próximas horas, os dois serão derretidos — menos as mãos, que as aranhas acharam melhor guardar num congelador, para o caso de precisarem de alguma digital.

Como arrematar os pontos da agulha

Nos três dias seguintes, os dirigentes do New British Fascists constataram que além de Lesmoy também haviam desaparecido mais de dezoito milhões de libras esterlinas do caixa dois do partido. Decidiram esconder o fato enquanto faziam a própria investigação do caso.

Conforme passavam as semanas, chegaram notícias de que Lesmoy passara pela Suíça, fora visto em Dubai e estava no Brasil, na Rússia ou na Indonésia.

Um mês depois, o presidente do partido, Eric Thatcher, recebeu a ligação de um jornalista chamado Nigel Devine, do *The Guardian*. Thatcher estava muito tenso com a investigação a respeito de Lesmoy e odiava o *The Guardian*, porém, mais que tudo, adorava dar declarações que chocassem a plateia esquerdista. Por isso resolveu atender a ligação. "Falem mal, falem mal mais uma vez, mas falem de mim". Devine, no entanto, não questionou as últimas manifestações xenofóbicas de Thatcher. Perguntou sobre o envolvimento do partido com um esquema imobiliário controlado pela máfia da Ucrânia, a ligação do partido com o tráfico internacional de armas, contas em paraísos fiscais... Devine citou números, datas e contas que Thatcher não conhecia exatamente, mas sabia bem do que se tratava. O líder fascista não estava preparado para aquele tipo de entrevista, então respondeu dizendo que o *The Guardian* era um jornal comunista, que tudo aquilo era mais uma "maldita mentira marxista", que o partido era uma ilha de honestidade no mar de corrupção que era a política inglesa dominada pelos esquerdistas e que a tesouraria do partido poderia esclarecer tudo sobre aquelas transações financeiras. Devine perguntou com quem da tesouraria ele poderia falar e Thatcher disse sem pensar:

— Lesmoy, Oswald Lesmoy, é com ele que você deve falar. Se estivesse aqui, eu passaria o telefone para ele agora mesmo.

— Ah, se eu ligar mais tarde, posso falar com ele?

— Claro, claro! Lesmoy estava aqui agora mesmo!

Antes mesmo de terminar a frase, Thatcher percebeu que falara merda. O repórter pareceu então ter pressa em se despedir:

— Então eu ligo mais tarde. Obrigado pela atenção, senhor Thatcher.

O líder fascista não teve tempo de dizer mais nada, apenas desligou o telefone, suando frio.

Uma semana depois, o *The Guardian* publicou um artigo de Nigel Devine a respeito de transações financeiras entre o New British Fascists e a máfia ucraniana. O artigo termina assim: "O sr. Eric Thatcher declara que o tesoureiro do partido, sr. Oswald Lesmoy, pode esclarecer todo o caso. No entanto, aparentemente, o sr. Lesmoy saiu de casa há cerca de um mês e nunca mais voltou. Na semana passada, o sr. Eric Thatcher disse, em entrevista gravada, que tinha acabado de falar com o sr. Lesmoy na sede do partido. Mas outras fontes, que não quiseram se identificar, garantem que o tesoureiro não aparece na sede há um mês. Afinal, onde está o sr. Lesmoy? Pelo jeito, ninguém sabe, a não ser o sr. Eric Thatcher". Dois dias depois, o jornal *Daily Mirror* encheu sua capa com a pergunta: "Lesmoy foi pro céu?". E publicou uma matéria a especular o que teria acontecido com o tesoureiro do partido fascista. Um dirigente que preferia ficar anônimo dizia que Lesmoy fugira do país com dinheiro do partido e estaria escondido em um paraíso tropical. Mas outro membro, também anônimo, dizia que Lesmoy teria sido morto pela máfia ucraniana a mando de Thatcher.

Eric Thatcher chamou uma coletiva de imprensa que foi interrompida logo no início por causa de uma briga entre os membros do partido. Um deles chegou a tirar um revólver e ir na direção de Thatcher, mas foi contido pelos guarda-costas do dirigente.

A Justiça proibiu Thatcher de deixar o país. E a máfia ucraniana mandou um recado ao dirigente suspendendo o acordo que tinham e exigindo a devolução de dez milhões de libras.

O *The Guardian* continuou a segurar a matéria em que o jornalista Nigel Devine falava da ligação que recebera um mês antes, de um homem que dizia ter documentos comprometedores relacionados ao New British Fascists. Ele não quis se identificar, dizia ter medo de ser assassinado pelos colegas de partido e pela máfia ucraniana. Logo que recebeu os documentos enviados pelo sujeito, Devine percebeu que só podia ser alguém do núcleo do partido, provavelmente um dirigente, alguém da tesouraria. O jornalista ligou os pontos e chegou ao nome de Lesmoy. Mas então o homem, seja quem fosse, não mandou mais documentos nem ligou de novo, como tinha combinado. Dias depois, Devine foi atrás de Lesmoy e descobriu o desaparecimento.

Infelizmente, Devine não gravou a tal ligação. Mas lembrava que a voz de Lesmoy estava distorcida por um *voice changer* que a fazia parecer a voz de uma mulher.

Jean Alluri, 14 anos, entra em campo

O fervor com que o filho cantava o hino inglês deixou Peter Alluri perplexo. Ele não ficou tão irritado quanto Jane com a conversão do filho ao inglesismo, mas ainda assim percebia que era bem esquisito. Apesar de a família ter perdido os vínculos com seus países de origem havia muito tempo, nem Peter nem Jane jamais se considerariam ingleses. Como é que Jean Nardal Alluri virou lateral da Seleção Sub-16 da Inglaterra?

Quando o ansioso técnico Arthur Morris, para tentar convencer a família Alluri a assinar um contrato de longo prazo com o Chelsea, disse que o menino era o melhor que ele vira em muitos anos e que tinha grande futuro no futebol, Peter sentiu uma espécie de ciúme. Ficou satisfeito que Jean não tenha aceitado assinar com o Chelsea, mas a justificativa do menino o deixou ainda mais confuso: não queria seguir no Chelsea por ser torcedor do Liverpool. O time de uma cidade a mais de trezentos quilômetros de distância!

— Peter, não precisa fingir que canta o hino da Inglaterra — Jane interrompe os pensamentos do marido.

— Eu não estava cantando o hino.

Ela dá risada.

— Estava tentando, e bem mal. Se um guarda passa e ouve você cantando desse jeito, arrisca a gente ser deportado por ofender um símbolo do Império inglês!

Peter riu junto. Riu de si próprio e também de alegria por vê-la rir. Os dois, Jane e Jean, adoravam rir dele. Do péssimo trato com a língua francesa, da ignorância a respeito de literatura (afinal, como ele ia saber que o tal Tchekhov era escritor e não um jogador de futebol?) e dos hábitos aristocráticos. Peter, por seu lado, ria das maneiras estabanadas de Jean e da inabilidade de Jane com máquinas. Enfim, em casa todo mundo ria de todo mundo, juntos. Uma família muito sorridente e feliz. Mais ainda agora, que Jane estava respondendo bem ao tratamento médico.

— Ele é lindo...

Enquanto Peter se distraiu olhando Jean, ela esteve olhando o jogo. Ou melhor, olhando o filho jogador.

— É, ele é muito lindo.

Peter quase disse "lindo como a mãe", mas Jane odiaria o comentário. Ela não gostava de elogios à sua beleza, nunca gostou. Peter levou várias broncas até perceber que era uma questão séria. Mas Jane e Jean eram de fato lindos e parecidos. Bem... Jane era alta e esbelta, Jean era apenas alto e magrelo. Jane era a elegância suprema, Jean era um trapalhão desastrado, mas ambos tinham aquele mesmo tom escuro de pele, o sorriso luminoso e os olhos melancólicos.

E lá ia o Jean todo desajeitado. Passou por um moleque assassino. Parecia que ia tropeçar na bola, virou de um jeito desequilibrado, como se fosse cair no chão e, tombando de lado, deu um chute. Peter não olhou para a bola, olhou preocupado para o filho, enquanto Jane e o resto do estádio pulavam num grito:

— Gol!

Peter ficou confuso por alguns segundos.

— Gol?

— Gol do Jean! Gol! Você não viu?

Peter olhou aquele monte de moleques pulando em cima do filho. Estavam comemorando. Sentiu quase pânico:

— Ingleses selvagens!

Peter não sabia, mas acabara de repetir o que um seu antepassado havia dito duzentos anos antes.

Amor de filho

E então, um dia, a vida resolveu imitar a arte. John Everett Cotten passou a ter cada vez mais dificuldades para falar. Nos primeiros anos, conseguia sussurrar a Joseph orientações de como administrar o império, depois apenas suspirava pedidos relacionados ao próprio funeral.

Os sofrimentos e as humilhações da velhice devastaram o gigante: as lembranças das luxúrias, crueldades e sacrilégios vinham visitá-lo todas as noites. Seu único alívio era saber que lhe restava pouco tempo. A ideia de uma vida eterna o aterrorizava, e mais que tudo ele queria morrer, deixar de existir em qualquer plano existencial. Suspirou isso ao filho, várias vezes, em várias ocasiões. Naqueles momentos de fragilidade, falou de seus pesadelos, da dor de viver com aquelas memórias, pediu ao filho que o ajudasse morrer. Joseph dizia: "Sim, papai". Mas exigiu que os médicos usassem todos os recursos da tecnologia para manter o velho vivo. E, quando não havia mais jeito, quando o pai estava mesmo para morrer, Joseph mandou que o guardassem em uma câmara criogênica. O filho amoroso queria que o pai estivesse vivo para sempre.

A visita da aranha

Peter tenta ser um pai participativo. Mas não consegue nem dizer o que é que Jean está estudando em Cambridge. Geofísica? Petrologia metamórfica? Estudos tectônicos?

E onde foi parar aquele fanatismo pelo futebol? Todos aqueles jogos a que Peter foi obrigado a assistir... Acabou tudo! Um dia Jean acordou e tinha perdido todo o interesse por futebol. A nova mania era a geologia.

Os Nardal eram da diplomacia havia séculos. Os Alluri enriqueceram com o comércio. E quem não era comerciante era artista, músico, pintor, fotógrafo... O que isso tinha a ver com futebol ou geologia?

Mas Peter tenta entender. Fica lendo os livros de geologia para Jane, no hospital. Às vezes, quando ele para, Jane sussurra: "Continua lendo", "Não para". Peter continua, sem entender o que lê. Por isso, é frequente que durma sentado na poltrona, com o livro na mão.

Nessa noite acordou e viu aquela mulher com uniforme de enfermeira. Depois de tantos meses, Peter conhecia todo mundo ali no hospital, mas não aquela enfermeira com uns setenta anos ou mais. Ela olhou para ele e sorriu:

— Desculpe, Peter. Eu não queria te acordar.

A mulher voltou-se para Jane, beijou a testa dela.

— Minha aranhazinha valente, amada...

Nessa hora, chegou Jean. Olhou a mulher junto da mãe, olhou o pai.

— Está tudo bem?

A visitante se afastou um pouco da cama onde estava Jane, com um sorriso.

— Jean...

— Você é médica? Enfermeira? Me desculpa...

— Não precisa se desculpar, Jean. E não sou médica, nem enfermeira. Sou só amiga da sua mãe. E queria ver a Jane.

Uma lágrima escorria pelo rosto dela.

— Jean... sua mãe é uma grande guerreira. Um dia o mundo vai saber disso... Mas, por enquanto, é importante que ao menos vocês dois saibam: Jane é uma heroína.

A fundação

Como as outras corporações, a de Memphis bancava pesquisas acadêmicas para provar que o açúcar faz bem para a saúde, o neoliberalismo faz sentido e o aquecimento global é um mito. Mas Memphis queria mesmo era saber a verdade. Logo depois que o velho John Everett Cotten foi congelado, o filho criou uma fundação com dois objetivos: estudar as possibilidades de colonização de Marte e descobrir quanto tempo a Terra ainda tinha de vida.

Apesar de serem parte da mesma fundação, os pesquisadores formavam dois grupos fisicamente separados. O que estudava Marte ficava no Texas e nem sabia da existência do outro grupo, que era baseado em Richmond, na Virgínia.

A formação desse segundo grupo foi bem difícil: ao mesmo tempo que não confiava nos negacionistas, é obvio que Memphis não queria alimentar o ativismo ambientalista. A existência do grupo e os resultados da pesquisa deveriam ser absolutamente secretos.

O próprio Memphis quis selecionar os chefes das equipes. Conversou com diversos homens de ciência e não ficou satisfeito: todos lhe pareceram otimistas demais quanto ao futuro da Terra. Chegou enfim a uma solução de improviso: Ronald Applebaum. Era um dos tantos executivos da corporação que aparentavam ser mais ricos que o próprio Memphis. Dirigia uma Lamborghini, frequentava restaurantes da moda e vestia ternos de pele de tubarão. Quem o visse ao lado do patrão poderia pensar que Memphis era seu contador.

Embora não entendesse nada de geologia nem fosse cientista, Applebaum dirigira a área técnica do lobby da indústria de refrigerantes. Coordenara equipes de cientistas e sabia fazer com que fossem produzidos os argumentos que os patrões queriam ouvir. Applebaum ganhou o cargo por ter sensibilidade para perceber o que Memphis queria ouvir.

Ao batizar a fundação, Memphis homenageou o homem que considerava seu verdadeiro pai. Chamava-se Fundação Roland Eimeric.

Doutor, meu filho está com anarquismo!

"O que é que Jean está fazendo em Paris? Anarquismo? Trotskismo? Como meu filho se mete nessas coisas? Como é que um jogador de futebol inglês virou um comunista francês? Ah, Jane, você faz tanta falta! Você saberia o que fazer, saberia enfiar algum bom senso na cabeça do nosso filho! O que é que eu faço agora da minha vida sem você? O que eu faço agora com esse nosso filho?"

PARTE

DOIS

O Fracasso do Pessimismo

O resenhista da *The Economist* não gostou do livro. Irritou-se especialmente com trechos como "a vida vale a pena ser vivida, pode ser melhor do que é e nós podemos fazê-la melhor do que é" ou "os céticos não servem para a revolução, em geral não servem para nada". E classificou *O Fracasso do Pessimismo*, do geólogo anarquista Jean N. Alluri, como autoajuda marxista.

O *Financial Times* definiu o livro como "um requentado juvenil de velhas fórmulas do radicalismo esquerdista dos anos 1960". O *Le Figaro* relembrou, saudoso, os tempos em que intelectuais de esquerda tinham o nível e a complexidade de Foucault ou Deleuze.

Várias ONGs ecologistas se escandalizaram com a acusação de que as avaliações catastrofistas sobre a crise ambiental estavam sendo usadas para gerar um desânimo desagregador na juventude e na classe trabalhadora, o que era ótimo para a classe dominante, verdadeira responsável pela crise toda.

Mas o que mais causou polêmica foi o convite eloquente do autor aos trabalhadores das corporações para que se organizassem internacionalmente, para que eles também fossem multinacionais. O livro pedia que as malfeitorias das corporações no México ou na Malásia, por exemplo, fossem respondidas com greves globais e manifestações na sede das empresas em Nova York, Frankfurt, Londres ou seja lá onde fosse.

Nos Estados Unidos, a recepção por parte da grande imprensa foi feroz. O jornal *The New York Times* descreveu a própria publicação do livro como uma irresponsabilidade, um incentivo ao terrorismo. Nos programas de TV, seu autor, Jean N. Alluri, foi comparado a Osama Bin Laden, e suas propostas, ao ataque às Torres Gêmeas.

Apesar de todas as críticas negativas e de ter sido lançado por uma editora pequena, *O Fracasso do Pessimismo* tornou-se um best-seller. Já havia sido lançado em oito países. Peter Alluri tinha cada uma das edições e todo dia as afagava com carinho, como se fossem netas. Não tinha certeza se entendia o que o livro dizia, mas, afinal, nunca entendeu muito bem o que o filho pensava.

O inimigo público

Mais que um sucesso comercial, *O Fracasso do Pessimismo* provocou uma onda de ações anticapitalistas em todo o mundo. Pelo menos era o que diziam os fãs mais entusiasmados e também, principalmente, os detratores de Jean N. Alluri. O próprio autor negou tal coisa e respondeu que, no máximo, o livro tivera a sorte de captar o novo espírito do tempo. Mas na mídia dos Estados Unidos colunistas vociferantes saíram da fase de apenas pedir a proibição da obra: passaram a pedir a prisão do autor e finalmente chegaram a exigir que o governo norte-americano desse um jeito de sequestrar e matar Alluri onde quer que ele estivesse. A estridência dos ataques foi crescendo à medida que aumentava a onda grevista.

Os funcionários da Amazon fizeram uma greve planetária, assim como os trabalhadores dos portos. Outras grandes corporações, como a Cargill, também pararam e os donos da Koch foram obrigados a vender a empresa por pressão dos funcionários. As fábricas de gás lacrimogêneo nos Estados Unidos e no Brasil fecharam as portas. Além das greves e manifestações, houve centenas de milhares de casos de sabotagem e o caos se instalou em depósitos, fábricas e escritórios. Arquivos secretos escandalosos de empresas como Bayer, Toyota e Citigroup foram tornados públicos.

E Deus criou a mulher

"*No more Mr. Nice Guy*". Quando a grande greve na Schurk Corporation obrigou o bilionário Tony Schurk a aceitar a maior parte das reivindicações dos malditos piqueteiros, ele anunciou, furioso, que nunca mais seria "um cara legal". Seu assessor, Harold Ogan, conseguiu segurar a risada, como sempre. Desde que conhecera o patrão, ouvia isto: "*No more Mr. Nice Guy*". Foi o que o Tony Schurk dissera quatro anos antes, ao ser obrigado a engolir um indigesto acordo de divórcio porque Bethany, a recém-ex, ameaçou tornar públicos alguns vídeos do casal. E o bilionário repetiu "*No more Mr. Nice Guy*" a cada um dos escândalos e acusações de racismo, assédio, discriminação de gênero, dano ao patrimônio público, agressão, caça ilegal, roubo de patente, crime contra o meio ambiente, corrupção e até tentativa de homicídio. Apesar de a frase ser até motivo de piadas, ele insistia: "*No more Mr. Nice Guy*".

Às vezes, Ogan se perguntava quando é que Schurk teria sido um "cara legal". Fazia a pergunta em silêncio, é claro, porque sua função, pela qual era muito bem pago, era dar apoio incondicional a Schurk, ser seu amigo do peito. Ogan não era o único: as diversas residências de Schurk pelo mundo tinham cada uma seu grupo de amigos profissionais do bilionário. Mas Ogan era o favorito, o amigo mais frequente. E estava muito satisfeito com a carreira: não tinha que cumprir metas, fazer relatórios, ler relatórios nem sequer trocar lâmpadas. Tinha apenas que rir de todas as piadas de Schurk, beber com ele, cheirar com ele, ser cúmplice dos crimes, trepar com as namoradas do bilionário (que adorava ver isso) e, principalmente, suportar os ataques de fúria de Schurk. Só isso.

Ogan sabia que sua principal vantagem competitiva era a capacidade de esconder o ódio por Schurk. A maior parte das pessoas não conseguia.

Mais que tudo, o que fez de Schurk o homem mais odiado do planeta foram seus robôs. Ele era o maior fornecedor de androides para as Forças Armadas e Forças Policiais dos Estados Unidos. O fabricante de gigantes metálicos de três metros de altura que aterrorizavam campos de batalha na Europa, África, América Latina, Oceania e Ásia. O pai de réplicas quase perfeitas de humanos que patrulhavam as ruas das cidades norte-americanas e formavam tropas de ocupação em diversos países. Réplicas com uma cara muito parecida com a de Tony Schurk.

O ódio de angolanos, palestinos, chilenos, coreanos, espanhóis e guatemaltecos tinha um rosto. O ódio de mulheres, homossexuais, negros, estudantes, ambientalistas e operários tinha um rosto. O rosto era o de Tony Schurk.

Então, quando era de se imaginar que não havia como Schurk ser mais odiado, surgiu aquele áudio:

[passos de pessoa entrando]
    [voz de homem] Hã... Ei... Você... Viu o Tony?
    [voz de mulher] Ogan? Querido! É você? Quanto tempo!
    [silêncio]
    [voz de homem] Bethany?... Bethany?...
    [silêncio]
    [voz de mulher] Ogan! Que bom te ver!
    [voz de homem] Hã... Bethany... Cacete! Você aqui... Hã... O Tony tá sabendo?
    [voz de mulher] Aí... você não sabe? O Tony não contou?
    [voz de homem] Hã...
    [voz de mulher] Voltamos, Ogan! Eu e o Tony! Estamos juntos de novo!
    [voz de homem] Porra!
    [passos de outra pessoa entrando]

[voz do segundo homem] Ei, Ogan!

[voz do primeiro homem] Tony! Ei!

[voz do segundo homem] Bet, dois uísques, bastante gelo. E traz a garrafa, eu e o Ogan temos que comemorar.

[voz de mulher] Sim, meu amor.

[passos de salto alto, alguém que sai da sala]

[Silêncio]

[voz do primeiro homem, quase sussurrando] Tony, o que está acontecendo? Bethany? Como assim?

[segundo homem dá risada]

[voz do primeiro homem] Cara, a Bethany parece uns dez anos mais nova! E te obedecendo desse jeito? Ela nunca foi assim!

[passos de alguém se aproximando]

[voz de mulher] Aqui está, não demorei, demorei?

[voz do primeiro homem] Não, claro que não demorou. Obrigado!

[voz do segundo homem] Bethany, você demorou sim, muito. Peça perdão.

[voz de mulher, agora chorando] Desculpe, Tony! Desculpe, Ogan!

[voz do primeiro homem] Bethany, não precisa...

[voz do segundo homem] Bet, de joelhos, peça perdão de joelhos!

[alguns poucos segundos de silêncio][voz de mulher] Perdão, eu sinto muito, for favor, me desculpem!

[voz do segundo homem] Pronto, tudo bem, pode se levantar. Hã... O Ogan estava falando que você parece mais jovem. Ogan, diz aí: ela tá bem mais gostosa, não é?

[voz do primeiro homem] Ah... eu não...

[segundo homem gargalha] Bet, pode rir também.

[a mulher começa a dar risadas]

[voz do primeiro homem] Tony... não estou entendendo...

[voz do segundo homem, rindo] Essa aí não é a Bethany que você conheceu. É uma nova, muito melhorada.

[voz do primeiro homem] Como assim?

[voz do segundo homem] Bet, tira o vestido.

[silêncio]

[passos]

[silêncio]

[voz do segundo homem] Está vendo? Está vendo a entrada?

[voz do primeiro homem] Porra!

[fim da gravação]

Nos quinze dias seguintes, a parte do mundo que não estava em guerra, morrendo de fome ou tinha outras preocupações debateu intensamente se Schurk havia de fato construído uma robô perfeita o bastante para ser confundida com uma humana. O bilionário e seus assessores negaram os milhares de pedidos de entrevista.

A verdadeira Bethany quis entrar com uma ação por dano moral ou uso indevido de imagem, mas, diante do fato de só existir o áudio, seus advogados aconselharam que ela esperasse o eventual aparecimento da Bethany 2.

Ao fim de quinze dias, uma perícia encomendada pelo *The New York Times* chegou à conclusão de que a voz na gravação não era a de Schurk. Mas isso não chegou a ser destaque no próprio jornal, porque nesse mesmo dia a Schurk Corporation finalmente se manifestou. Um porta-voz anunciou estar em curso a investigação daquele "caso grave de espionagem industrial" e não disse mais nada, deixando sem resposta as dezenas de perguntas dos repórteres a respeito da nova androide.

A corporação foi inundada por milhões de pedidos de mais informações por parte da imprensa e, principalmente, de candidatos a clientes. O próprio Schurk recebeu centenas de mensagens e ligações de amigos poderosos. Respondeu, no entanto, com silêncio ou com um "daqui a quinze dias eu falo", depois "daqui a catorze dias eu falo", depois "daqui a treze dias...".

Segundo os boatos, uma apresentação estava marcada para acontecer em Las Vegas, o que se confirmou. Um mês depois do vazamento da tal gravação, Tony Schurk subiu ao palco do Michelob Ultra Arena, diante da plateia que havia lotado o lugar. Schurk, em geral tão falante, ficou quieto, com seu sorriso sinistro, enquanto a multidão de executivos e nerds urrava seu nome. Então o bilionário levantou o braço, e o lugar ficou em silêncio. Schurk foi ao microfone e disse apenas:

— Meninas, vamos embora nos divertir?

Foram se levantando mulheres de todos os cantos do lugar, dizendo todas juntas: "Sim, Tony". Eram cerca de duzentas: subiam no palco e se encaminhavam para a saída que havia no fundo. A plateia ficou estupefata. Minutos depois, um nerd expressou numa entrevista o sentimento de quase todos da plateia:

— É claro que eu fiquei de olho nela, estava sentada do meu lado. Gostosa pra caralho! Mas nunca, nunca mesmo, imaginei que fosse uma robô!

Antes de sair do palco com as últimas androides, Schurk mandou um alerta no microfone:

— Bom... já aviso: vão ser caras... Mas não vou tomar a costela de vocês!

Nos meses seguintes, a Schurk apresentou ao mundo outros slogans:

"Nós da Schurk não tratamos as mulheres como objetos. Nós inventamos objetos melhores."

"Nós criamos as mulheres dos seus sonhos. Só não criamos mulheres feias, porque isso o mundo já tem demais."

"Ela vem com diversos assessórios, mas não com advogados."

E outros na mesma linha, todos infames.

Diversos artigos na imprensa denunciaram que as androides não eram tão realistas assim. Uma humorista ficou famosa imitando o jeito de andar e falar delas. E houve até algumas ameaças de processos por propaganda enganosa. Apesar de tudo, as *babies schurk* tornaram-se um grande sucesso. "O artigo de luxo mais cobiçado do planeta", segundo a *Esquire*. "Schurk é a nova Ferrari", afirmou a *Vogue*, completando: "Se, antes, ostentava-se a riqueza com barcos, aviões ou automóveis, agora se ostenta o tamanho do harém de *babies schurk*". Os nerds mais pobres se consolavam com réplicas em miniatura ou pôsteres.

Por tudo isso, se Tony Schurk tivesse tido uma morte natural, o fato teria ocupado a primeira página dos jornais por uma semana. Mas Schurk, como se sabe, não teve uma morte natural.

L'Échec du pessimisme

O Fracasso do Pessimismo marcou o rompimento definitivo de Alluri com o Socialisme ou Catastrophe, grupo liderado por intelectuais franceses pós-marxistas, cada vez menos socialistas e cada vez mais catastrofistas. É aos seus ex-camaradas que Alluri se refere quando fala contra os "inativistas" e "pessimistas profissionais bem remunerados pela Academia ou pela Grande Imprensa". Um dos líderes do Socialisme ou Catastrophe, o filósofo Jackie Élie, denunciou que o próprio título *O Fracasso do Pessimismo* era gêmeo de *O Triunfo da Vontade*, o filme-propaganda nazista de Leni Riefenstahl. Élie anunciou que estava escrevendo uma grande análise do que chamou de "traição de Alluri" como sintoma da entropia fractal contemporânea, mas o texto, se é que foi mesmo escrito, nunca foi publicado.

Junto com Alluri, também saíram do grupo Johanna Most, Élias Okit'Asombo, Clémentine Duval, Félix Moumié, Luisa Galleani, Julián Carrillo, Marie Ganz, Mehdi Ben Barka, Werner Scholem, Eduardo Mondlane, Manuela Pardiñas, Simona Radowitzky, Patrícia Rehder, Ronni Moffitt, Ruben Um Nyobè e Carla Pisacane. Quase tudo o que estava em *O Fracasso do Pessimismo* foi fruto das conversas com aquelas pessoas, grandes amigas de Alluri. Mas o pequeno grupo de amigos já estava rachado politicamente: a porção mais marxista defendia que se juntassem à FRAIT, Frente pela Reconstrução da Associação Internacional dos Trabalhadores, que reunia anarquistas e marxistas, enquanto outra porção defendia a retomada de certa tradição anarquista do final do século XIX, de ações bombásticas, com bombas ou não, e parte do grupo, que incluía algumas das amigas de infância de Alluri, queria voltar à clandestinidade, ao ninho da velha Lindalva.

Por ironia, o sucesso comercial do livro atravancou a militância política de Alluri. As viagens para eventos de lançamento, a programação de entrevistas, a supervisão das traduções, os pedidos de artigos para jornais e revistas fizeram com que ele não tivesse mais tempo de participar dos debates decisivos de seu grupo. Aflito, ele já se via sendo transformado em um intelectual profissional bem remunerado da Academia e da Grande Imprensa.

Kerrang!

Ogan não percebeu o tremor de terra. Até porque, com aquelas centenas de homens pulando e berrando ao som ensurdecedor da banda que tocava covers de clássicos do heavy metal, tudo estava tremendo em Alphaland. Era o maior e mais luxuoso abrigo nuclear do planeta, propriedade de Tony Schurk.

O magnata convidara mais de quatrocentos de seus melhores amigos, parceiros comerciais e políticos para seu tradicional festival particular do bom e velho rock. Estava ali, por exemplo, uma boa porção do Pentágono e do Departamento de Estado, oito xeiques, ministros de diversos países, várias dúzias de militares latino-americanos, alguns pastores pentecostais, quase todos os principais líderes da extrema direita planetária, vários traficantes de armas e a elite da imprensa conservadora sensacionalista, além de muitos outros bilionários como Schurk. Havia também trezentas *babies schurk* servindo bebidas, canapés, anfetamina e cocaína, recolhendo as garrafas e prontas para satisfazerem as necessidades daquela seleção de machos alfa. Elas eram as únicas "mulheres" no local e também as únicas trabalhadoras, porque todos os empregados haviam sido dispensados no período da festa. Voltariam só depois, para a limpeza.

Ogan não sentiu o tremor de terra. Mas sentiu o cheiro, logo depois: o fedor de um peido infernal. A primeira reação foi tentar se afastar da turba que pulava, bufava e suava ao som do metal. Achou que o problema viesse dali. Ogan foi se afastando, mas o cheiro parecia ficar mais forte. Passou o olho pelo palco e viu Schurk no meio da banda, de peruca loira, vestido de Thor e pulando alucinado de anfetamina.

Então a banda parou de tocar, os músicos pareciam zonzos. Alguns homens começaram a desmaiar, embora Schurk continuasse a pular no palco.

Ogan conhecia o lugar, sabia onde estava o elevador. Mas quando chegou vários homens já estavam ali, chorando desesperados. O elevador não funcionava.

Ogan olhou para o corredor de onde tinha vindo e viu o fogo começar.

Götterfunken

Alegria, formosa centelha divina,
Filha de Elísio,
Ébrios de fogo entramos
Em teu santuário celeste!

"Ode an die Freude" (Ode à Alegria),
 de Friedrich Schiller

Centelha divina

Nas semanas seguintes, cada detalhe conhecido do acidente foi intensamente explorado na cobertura de imprensa. Segundo as hipóteses mais aceitas, um pequeno tremor de terra teria rachado o sistema de reciclagem de excrementos do abrigo nuclear, ou a movimentação dentro do abrigo provocara o tremor e a rachadura no sistema de reciclagem. Aquilo libertara grande quantidade de gases inflamáveis e bastou uma faísca para o abrigo virar um forno. Como o local estava também cheio de material explosivo, calcula-se que a temperatura tenha passado e muito dos mil graus. Depois que um jato de chamas subiu pelo túnel do elevador, carregando pedaços de homens e de metal derretido, o abrigo implodiu.

Assim que começou o tremor, os funcionários que estavam do lado de fora começaram a fugir, em carros, caminhões ou a pé. As dezenas de robôs e drones que vigiavam a área seguiram a terceira lei da robótica (a da autopreservação) e também se afastaram tanto quanto puderam. Alguns foram encontrados a quilômetros de distância, já sem bateria. Nem os funcionários, nem as câmeras instaladas em alguns dos drones e robôs foram de alguma utilidade para esclarecer o que acontecera.

Para respeitar a privacidade, não havia câmeras dentro do abrigo e nem mesmo celulares eram permitidos dentro do local. As únicas câmeras estavam no hall do elevador e dentro deste. Mas os gestores da Schurk Corporation decidiram manter segredo da existência de tais câmeras e das imagens captadas por elas, por isso não informaram as autoridades, que não tinham muito interesse em investigar o acidente com profundidade. Tanto as empresas privadas e instituições religiosas como os governos e as famílias não queriam remexer muito naquela porcaria.

Por isso foram poucas as pessoas que viram as imagens dos vários homens desesperados tentando em vão abrir a porta do elevador. Aparentemente, o primeiro tremor deslocou algo no túnel do elevador e ele parou de funcionar. As últimas coisas a subirem por ali, um pouco antes de tudo acontecer, foram duas *babies schurk*. Ambas estavam de cabeça baixa. No entanto, uma delas lançou um rápido olhar para cima e seu rosto ficou registrado pelas câmeras. As duas foram encontradas depois na traseira de uma van que capotara ao tentar fugir da explosão. Os investigadores tentaram recuperar a memória delas, mas, como era de esperar, as robôs haviam sido programadas para não registrar nada da festa.

Quase todos os governos do mundo declararam luto nacional. Mas o que se viu nas ruas foi quase um carnaval. A cantora angolana Drik Breton emplacou um hit planetário: "Papi, por que você não foi à Schurksparty?". E a palavra *schurksparty* entrou para o léxico como sinônimo de festa ruim ou morte.

O departamento de marketing da Schurk instalou velas e flores junto a uma parede da mastodôntica sede da empresa em Chicago para tentar simular um luto popular. Mas alguém pichou na tal parede: *"No more Mr. Nice Guy".*

A alegria dos homens

Pela primeira e única vez na vida, Memphis compartilhou da alegria da maior parte da humanidade. Ficou muito satisfeito com a morte de Schurk. Odiava o sujeito e todos que morreram com ele.

Ficou tão deliciado que por algumas semanas esteve obcecado com os detalhes do caso. Como havia tomado o controle da Schurk Corporation, teve acesso a todas as informações a respeito da tragédia, inclusive aos vídeos secretos. Viu e reviu tudo diversas vezes, com imenso prazer.

Aquilo o inspirou a focar mais em seu novo objeto de ódio: Jean Alluri.

Maria

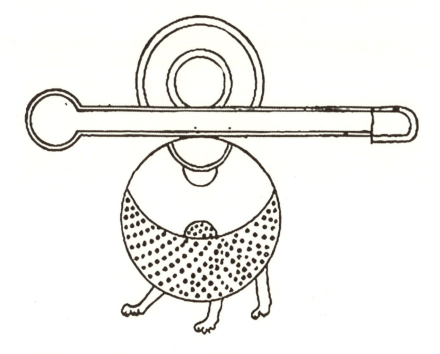

MS *Marcianus* gr. 299, fol. 195.
Um kérotakis, aparelho químico desenvolvido por Maria, a Judia.
De um manuscrito que está na Biblioteca Marciana, em Veneza.

"Hermes falou alegoricamente em seus livros de estudo. Os alquimistas sempre protelaram, fingiram que o Trabalho consistia em várias coisas que de fato não eram necessárias e passaram um ano inteiro naqueles ensinamentos. Mas fizeram isso apenas para esconder aquilo do povo ignorante, até que se estabelecesse no coração e nos sentidos das pessoas que a Arte não poderia ser realizada exceto com ouro, porque é o grande segredo de Deus. E ainda há aqueles que ouvem sobre nossos segredos, mas não acreditam na veracidade deles por causa da própria ignorância. Aros, você entende?"

São palavras de Maria, a Judia, também conhecida como a Profeta, a Egípcia, a Copta, a Divina, a filha de Hades, a filha de Sheba, a irmã de Moisés. Foi pioneira da alquimia e da química, inventora de aparelhos que, aperfeiçoados por outros cientistas, são usados em laboratórios ainda hoje. Teria sido Maria quem descobriu o ácido clorídrico e a forma de produzir vidros coloridos. A técnica do banho-maria tem esse nome em homenagem a ela.

Jorge Sincelo (Georgius Syncellus), em sua *Chronographia*, menciona que Maria e seu discípulo Democritus, por falarem da Arte enigmaticamente, eram respeitados pela discrição, enquanto o astrólogo Pamenes, que escreveu abertamente a respeito da Arte, foi condenado à morte.

"Extirpar a praga herética"

Assim como outros capitalistas, Memphis odiou o livro de Alluri por instigar grevistas, manifestantes e sabotadores. Mas Memphis odiou mais. Tomou como ataque pessoal o sarcasmo com que Alluri tratou do interesse de bilionários por naves espaciais. Escandalizou-se com aquela espécie de ateísmo que praticamente declarava que o destino do homem se cumpre inteiro nesta terra. E abominou o otimismo do livro. Aquela versão aviltada da mensagem cristã. Aquela ilusão de onipotência humana que só gerou desgraças, violência e revoluções. Aquele humanismo esquerdista insistindo eternamente na ideia de que é o sistema que estraga o ser humano, e não o oposto. Uma ideia abominável, pecaminosa e idiota! Até porque é evidente que é o ser humano que arruína qualquer sistema, por melhor que este seja. Os humanos conseguiram até mesmo corromper a própria Igreja, a corromper a Noiva de Cristo!

Memphis decidiu resgatar Alluri do pecado. Encarregou Tysons de dar um jeito de fazer Alluri perceber que o mundo é sofrimento e que seu otimismo era um equívoco. Era preciso fazer com que ele sentisse a dor, sem ser ferido. Que visse as pessoas próximas caírem por sua culpa. A ordem não era matar Alluri, mas fazer com que ele desejasse estar morto.

Ad extirpanda

Ademais, o potentado ou o governante deve coagir todos os hereges aprisionados, sem chegar à amputação dos membros e ao risco de morte, a se considerarem verdadeiramente como ladrões, assassinos das almas e assaltantes dos sacramentos de Deus e da fé cristã, a reconhecerem expressamente seus erros e a acusar outros hereges seus conhecidos, e identificarem os bens deles, os partidários, os acolhedores e os defensores dos mesmos, tal como os ladrões e os assaltantes dos bens temporais são obrigados a acusar seus cúmplices e a reconhecer os crimes que cometeram.

Artigo n. 25 da *Ad extirpanda* (na tradução de Leandro Rust, *Revista Diálogos Mediterrânicos*, dez. 2014), a bula papal que em 1252 consagrou o uso da tortura contra hereges.

O voo de Peter Alluri

Com algum esforço, Peter Alluri levantou a escada e subiu para arrumar a calha. Não precisava de Janine. As mocinhas da Arakhne eram muito gentis, mas tinham a irritante mania de tratá-lo como se ele fosse um inválido a ser protegido de tudo. E tinham ficado ainda piores depois que ele sofreu o acidente de moto. O problema da calha era simples, era só tirar as folhas que tinham entupido aquela coisa.

Do alto da escada, ouviu alguém chegar. Imaginou que fosse Jasmine e tentou se apressar para resolver logo o problema do entupimento antes que ela o mandasse descer. Mas eram dois homens encorpados, que pareciam lutadores de jiu-jítsu com macacão de encanador. Ao chegarem no quintal e verem Peter no alto da escada, olharam um para o outro e sorriram. Bastou um deles para empurrar a escada. O outro ficou olhando, rindo.

Corra!

I understand that time is running out
Running out as hastily as niggers run from the Man
Time is running out, on our natural habits
Time is running out, on lifeless serpents reigning over a living kingdom
Time is running out of talks, marches, tunes, chants, and all kinds of prayers
Time is running out of time
Heard someone say, "Things were changing" (*Changing – things are changing!*)
Change, chan-chan-chan-changing
From brown to black
Time is running out on bullshit changes
Running out like a bushfire in a dry forest
Like a murder from the scene of a crime
Like a little roach from DDT
Running out like big niggers, running a football field – run nigga!!

"Run, Nigger", de The Last Poets

Uma taça em Genebra

Félix Moumié não tinha o que fazer em Genebra. Estava lá para discutir a possibilidade de realizar em Hong Kong o congresso da Frente pela Reconstrução da Associação Internacional dos Trabalhadores. A reunião seria com He Zhen, Cheng Yingxiang, Wang Fanxi, Itô Noe e Luisa Galleani, aproveitariam o fato de He e Cheng terem sido convidadas para falar em um congresso da ONU Mulheres. Mas, sabe-se lá por que, na última hora as duas foram impedidas de embarcar no aeroporto de Hong Kong. E na Inglaterra a polícia de Leeds resolveu invadir a casa de Wang por causa de uma denúncia de que ele teria uma plantação de maconha em um dos quartos de seu apartamento. Itô Noe e Galleani souberam disso antes de embarcar em Milão e nem viajaram.

Se pudesse, Moumié teria voltado para casa imediatamente. Marthe ligou: "O que você ainda está fazendo aí?". E ele tentou explicar que não tinha conseguido mudar a data da passagem, só poderia voltar no dia seguinte.

Então estava meio perdido, sem saber o que fazer, quando aquele jornalista, William Bechtel, apareceu na entrada do hotel e disse:

— Félix! O que você está fazendo aqui?

Os dois haviam se encontrado recentemente, no Senegal. Moumié começou a explicar que um compromisso fora cancelado, mas nem conseguiu terminar de falar.

— Vem comigo, tenho um jantar com alguns amigos, você vai gostar deles — disse Bechtel.

E, antes que pudesse responder, Moumié já estava sendo empurrado para dentro de um táxi. O jornalista falava tanto que nem dava para seguir o que dizia: um jogo de futebol em Acra, um tiroteio em Marselha, uma bebedeira em Faro, uma entrevista com o ministro da Economia de Camarões blá-blá-blá. Parecia estar um pouco bêbado.

Quando entravam no restaurante, Moumié olhou o celular e viu que havia uma ligação perdida de Marthe. Por isso, não prestou muita atenção quando Bechtel apresentou os amigos: uma moça muito bonita e um homem de uns sessenta anos. Moumié nem chegou a se sentar à mesa, pediu licença e foi ligar para a esposa.

— Oi, vi que você ligou...

— Soube do atentado?

— Que atentado?

— Em Washington. Dois homens foram mortos, estavam em um furgão carregado de explosivos...

— Mas...

Por alguns segundos, Moumié procurou um jeito carinhoso de perguntar "Foi pra isso que você me ligou? O que a gente tem a ver com um atentado em Washington?", mas foi interrompido por Marthe:

— Além dos explosivos e armas, no furgão tinha vários exemplares do *O Fracasso do Pessimismo*. Seis exemplares. Tem as imagens. Está no noticiário.

— Cacete!

— É... cacete...

— Como está o Jean?

— Falei com a Lin. Diz que ele está bem abalado... Os jornalistas não param de ligar. O Jean quer se esconder por um tempo.

— Puxa! Ele já estava mal com a morte do pai. Agora isso... Podemos ver com a Hélene se...

— Félix! É melhor não falar disso por telefone. Conversamos amanhã, quando você voltar.

— Está bem, você tá certa.

— Um beijo. E você também toma cuidado.

— Antes de tudo, tomo o cuidado de não ficar famoso. Faz mal pra saúde.

— Não brinca com isso.
— Você sabe, eu tomo cuidado sim.
— Um beijo, vai dormir.
— Um beijo.

Bechtel com certeza sabia tudo do tal atentado, mas a última coisa que Moumié queria fazer naquele momento era falar com um jornalista a respeito do assunto. Foi à mesa para se despedir do grupo.
— Lamento, mil desculpas, mas tenho que ir para o hotel.
Bechtel até se levantou assustado.
— Mas o que aconteceu? Está tudo bem?
— Sim. Sim. Mas... é um relatório que preciso deixar pronto para amanhã de manhã...
— Relatório? Você tá de brincadeira! Me abandonar no meio da noite, tudo bem. Abandonar o Jack, até eu abandonaria. Mas trocar a companhia da Phillys por um relatório? — Bechtel disse soltando uma gargalhada.
A moça pareceu um pouco ofendida:
— Ei, Bill! Para com isso! Deixa ele fazer o que quer fazer... ir embora — disse e depois lançou um sorriso sedutor para Moumié.
Bechtel retomou a palavra:
— Tudo bem! Relatórios são a prioridade da vida! Mas, Félix, senta aí um pouco e bebe pelo menos este drinque que pedi para você. Seja educado, porra.
Félix sorriu para todos e se sentou. O tal Jack finalmente falou alguma coisa:
— Félix, você trabalha com o quê?
— O Félix se prepara para ser eleito presidente de Camarões, trabalha muito! — quem respondeu foi o Bechtel, rindo.
Moumié também deu risada.
— Jamais! Trabalho muito é para ajudar meu povo a se livrar de gente como o sujeito que tem sido o presidente do nosso país há tanto tempo!
Imediatamente percebeu a infelicidade do comentário. Mas os outros apenas riram, acharam engraçado.
Apesar de não gostar muito de bebidas alcoólicas, Moumié deu um gole no drinque. Aquele tinha sabor de fruta, delicioso, e não

durou muito. Moumié bebeu tudo em três goles. Tinha pressa de voltar para o hotel.

Bechtel notou o copo quase vazio e chamou o garçom:

— Mais dois desses!

Mas Moumié se levantou.

— Desculpem-me, preciso muito ir. Bill, desculpe-me. Jack, Phyllis... espero que a gente volte a se encontrar.

E se despediu do grupo.

Baha Tevfik odiava passageiros bêbados: reconhecia de longe e passava reto. Quando estava no ponto e via um se aproximar, Tevfik apagava a luz e saía antes que o candidato a passageiro abrisse a porta. Preferia perder tempo e dinheiro dando voltas pela cidade que empestear o carro com o fedor de bebida.

Então, Tevfik sabia que aquele passageiro não estava bêbado quando entrou no carro. O homem veio andando firme, perguntou educadamente se o carro estava livre, deu boa-noite e informou o destino: o Hotel Adriatica. Mas depois de poucos minutos o homem começou a gemer e a se dobrar todo.

— O senhor está bem?

— Hmm... desculpe... eu não...

— Quer ir a um pronto-socorro?

— Não precisa... o hotel...

E então como que desmaiou.

Tevfik ficou apavorado, tinha um morto no carro.

Em vez de ir para o hotel, foi para o Hospital Universitário, que ficava perto.

A doutora Amparo Poch estava ali por acaso naquela noite, esperando uma amiga. Então viu quando a maca trouxe o rapaz. Ouviu o taxista explicar o que havia acontecido. Aproximou-se do rapaz na maca e deu seu diagnóstico na hora:

— Ele foi envenenado.

A polícia foi até o restaurante indicado por Tevfik. Os funcionários do local disseram que as três pessoas que estavam com Moumié foram embora assim que ele partiu. Ninguém se lembrava de tê-los visto lá antes.

Descobriu-se que um William Bechtel havia ficado em um hotel bem próximo do Adriatica, mas a revista para a qual ele supostamente trabalhava negou ter conhecimento de sua existência. Bechtel desapareceu.

Graças ao taxista Baha Tevfik e à doutora Amparo Poch, o veneno não matou Moumié, apenas o deixou careca. A médica disse mais ou menos brincando que a sorte dele foi ter *"unas entrañas de mierda"*: se tivesse uma resistência maior, Moumié teria chegado ao quarto de hotel e teria morrido lá, sozinho, sem ninguém para socorrê-lo.

As três terroristas de Bolonha

Luisa Galleani, Simona Radowitzky e Carla Pisacane foram presas assim que desembarcaram na estação ferroviária de Bolonha. A polícia, supostamente após uma denúncia anônima, havia invadido horas antes o apartamento delas e encontrado um monte de explosivos e armas.

Para piorar a situação, no momento em que foram presas as três estavam portando dois punhais de mola, um soco inglês, dois sprays de pimenta e uma arma de eletrochoque.

Elas estariam ferradas se a paranoica Pisacane não tivesse instalado duas câmeras no apartamento. Horas depois de elas terem sido detidas na estação ferroviária, seus advogados apresentaram as filmagens que mostravam dois homens encapuzados entrando no apartamento um dia antes da prisão, quando as três ainda estavam em Paris, participando de um encontro da Frente pela Reconstrução da Associação Internacional dos Trabalhadores.

Quem ficou então em situação complicada foi a polícia e o juiz que emitiu o mandado autorizando a invasão de domicílio. Era evidente que a polícia se baseou apenas na denúncia anônima e não fez uma investigação preliminar. Pior: instada a apresentar a gravação da denúncia anônima, apresentou uma que, como se provou logo depois, havia sido feita depois da invasão.

Ma-ma-ko ma-ma-sa ma-ko ma-ko-sa

Élias Okit'Asombo olhou o furgão, olhou a cara dos quatro homens que vinham pra cima dele e entendeu: sequestro. Enquanto olhava e pensava, girou o corpo, abaixando o tronco, levantou a perna e acertou o pé na cabeça do primeiro que se aproximava. Voltou os dois pés ao chão e se preparou para os outros.

A cena acontecia em uma ruazinha escura, mas muito próxima da avenida Georges Thonar, no Centro de Bruxelas. Uma multidão circulava ali perto.

De um lado daquela esquina havia uma floricultura, fechada àquela hora da noite, e do outro lado uma boate gay.

Élias viu que um homem saiu do furgão e veio se juntar aos outros quatro.

No prédio da floricultura, em um apartamento no segundo andar, rolava um velho disco da banda X-Ray Spex. Na sala desse apartamento, Zisly tomava uma cerveja junto à janela e viu o que estava acontecendo. Saiu correndo para a porta do apartamento, berrando:

— Ei, gente! Tem uns nazistas atacando um cara aí na rua!

Meio zonzos, Séverine, Reclus, Randon e Serge seguiram o amigo escada abaixo.

Lumina Sophie estava bem atrasada para o ensaio das Pétroleuses, mas, quando passou e viu aqueles homens brancos avançando sobre um homem negro, não teve dúvida: foi correndo e deu com os dois pés nas costas de um dos cinco.

Nesse momento, um pouco mais ao fundo da ruazinha, Madame Satã saiu pela porta de incêndio da boate. Tinha um baseado na mão e queria sossego. Mas viu o que imaginou ser um casal de negros acuado por homens brancos.

— Que porra tá acontecendo aqui?

Um dos homens veio em sua direção:

— Cai fora, bicha nojenta!

Madame Satã não entendeu exatamente o que o sujeito dizia porque não sabia inglês, mas entendeu o bastante. Com rapidez e elegância, passou o cigarro para a mão esquerda e, com a direita, mandou um tapa tão forte na cara do rapaz que ele foi para o chão e ali ficou. Satã olhou com desprezo o sujeito caído, levou o cigarro de volta à boca e então encarou os outros.

Mais um homem, que estava ao volante do furgão, resolveu sair para a ação, e com uma pistola. Só que nesse mesmo instante uma porta se abriu e o derrubou. De dentro do prédio saíram os punks. Zisly viu o sujeito se levantando com a arma na mão e não vacilou: meteu um chute na cabeça dele. Um dos homens que estavam perto de Élias também tirou uma pistola, mas o congolês lhe deu uma rasteira que lançou a pistola de um lado e o pistoleiro do outro. Lumina, demonstrando uma de suas especialidades, mandou um chute no saco do brucutu que estava na frente dela.

Gérard Soete teve a sorte de não se mover. Conscientemente ele não sabia disso, mas a intuição lhe veio das profundezas da alma. Ficou ali parado. Era o único dos seis homens da equipe que não estava gemendo no chão. Estava em pé, paralisado de espanto. Como uma missão tão simples tinha virado esse pandemônio? Por que não avisaram que o rapaz era tão bom capoeirista? De onde surgiu essa garota e essa superviada? E por que caralho esses americanos estavam com pistolas? A ordem era ninguém estar armado nessa ação!

Foi então que Soete cometeu seu erro: ele se mexeu. O primeiro murro que recebeu foi da Séverine.

Nesse momento, uma multidão se divertia com o espetáculo dos seis nazis fortões levando uma surra daquele grupo extravagante formado por um rapaz negro bem magro, uma pequena mulher negra de cabeleireira vermelha enorme, uma travesti e cinco punks.

Até quem estava dormindo acordou para assistir da janela ao espetáculo.

Foi quando apareceu a polícia. Madame Satã sumiu logo. Reclus, Randon e Serge também.

Ficou um silêncio. O massacre parou, só a Séverine não resistiu a dar um último pisão com seu coturno nos dedos da mão de Soete, que, caído no chão, gemeu mais uma vez.

À frente dos policiais, um homem à paisana levantou o distintivo, olhou com frieza aqueles homens estropiados e ordenou:

— Vocês, sumam daqui. Já!

Os homens se levantaram e foram andando cambaleantes para o furgão. O que levou o tapa de Madame Satã ainda estava no chão. Um de seus companheiros foi até ele, viu a situação, soltou um "*Shit!*" e chamou outro para ajudar a carregar o desmaiado. E o furgão começou a se afastar pelo fundo da ruazinha.

— Você está liberando esses caras? Eles me atacaram, são sequestradores! — Élias falou indignado para o chefe dos policiais.

— Você vem conosco! Está preso.

— Eu? Por quê?

— Agora por desacato, mas também por agressão, tumulto... posse ilegal de arma de fogo...

E apontou para uma pistola que ficara jogada na sarjeta.

— Isso não é meu! É dos caras que você liberou!

A Lumina berrou para o chefe dos policiais:

— Você tá louco? Eu vi tudo! Estavam cercando ele!

— E você cale a boca, se não vai com a gente também.

A multidão, que agora era muito grande, começou a vaiar e a empurrar os policiais. Um deles cochichou no ouvido do chefe, que olhou furioso para Élias.

— Tudo bem, você está liberado.

E a polícia foi embora sob vaias e risadas. Alguém pôs para tocar bem alto uma música do Manu Dibango, "The Panther", e começou um pequeno carnaval.

Antes de mergulhar na festa, Élias ligou para Alluri. Contou o que acabara de acontecer, conversaram a respeito do envenenamento de

Félix Moumié e do caso das três amigas de Bolonha. Élias terminou com um conselho para o amigo:
— Jean, arrume um lugar bem escondido e não saia até isso passar.

Escondido

Tysons já estava preparada. Já sabia do esconderijo de Alluri: um apartamento que Clémentine Duval herdara da família. Ficava em um antigo prédio industrial em Saint-Denis que em algum momento do século XX havia sido remodelado para se tornar residencial. Duval o tinha emprestado antes para Simona Radowitzky e Carla Pisacane, que haviam transformado a sala em uma espécie de oficina onde trabalhavam nos androides e *babies schurk* avariados que compravam em lojas de máquinas de segunda mão. Por isso, o lugar tinha um robô sem cabeça, uma *baby schurk* sem um braço e alguns pedaços de corpos pendurados. Alguns desses trecos se movimentavam de vez em quando de maneira aleatória.

A equipe de Tysons se instalou em uma loja no outro lado da rua, supostamente como um grupo que estava fazendo a reforma do lugar. De lá, tentou capturar imagens e sons de dentro do apartamento onde estava Alluri, mas o sinal do radar mal conseguia atravessar as paredes do apartamento, que chegavam a ter até meio metro de espessura. E em algumas paredes ainda havia o que pareciam ser placas de metal coladas por Duval ou Pisacane, por alguma razão. Nos raros momentos em que o sinal conseguia passar por tudo isso, ficava confuso com o movimento simultâneo de humanos e máquinas. Então, se dependesse do radar, Tysons não saberia nem quantas pessoas estavam vivendo no apartamento. Assim, a equipe de campo servia apenas para vigiar a entrada do prédio, observar as luzes por trás das cortinas grossas e revirar a lata de lixo de Alluri (descobriram que ele andava bebendo bastante: sempre tinha várias garrafas de vinho, cerveja, aguardente e gim).

Felizmente, para os agentes de Tysons, toda a informação de que precisavam vinha dos telefones e computadores grampeados: sabiam que Alluri estava morando sozinho e nunca saía do apartamento. O contato com o mundo exterior era a amiga Patrícia Rehder, uma pintora, atriz, poeta e anarquista alemã que às vezes passava a noite lá. Rehder estava sempre circulando de um lugar para outro da cidade e era ela quem fazia as compras e recebia as encomendas de Alluri. Várias vezes, os agentes de Tysons perderam a pista dela por algumas horas. No início ficavam apavorados com a própria falha. Com o tempo, porém, começaram a relaxar: Rehder sempre reaparecia, carregando uma sacola de supermercado, usando um novo penteado ou vestindo um casaco recém-comprado num brechó. Tysons tinha certeza de que Rehder era a Lin que os Moumié haviam mencionado no telefonema de Genebra.

Tysons sabia que Rehder estava preocupada com a saúde mental do amigo, as conversas por telefone revelavam isso. Em uma das ligações ela falou de viajarem, saírem do país, aceitarem o convite de Moumié para passar uma temporada em Camarões. Mas Alluri resistia: não queria atravessar fronteiras, passar por fiscalização de aeroportos. E não queria pôr mais gente em perigo. Preferia manter distância de todo mundo. Fez Rehder, Duval, Pisacane e Radowitzky prometerem não contar a ninguém onde ele estava.

Uma ligação da Rehder para Johanna Most revelou sua preocupação:

— Ele precisa sair de lá! Está ficando maluco com aqueles robôs estropiados, não faz nada a não ser beber e ler sobre o apocalipse.

Observando as leituras de Alluri no computador, Tysons sabia que ele estava mergulhado na geofísica. E que começara a ler três autores em particular: Philippe Dryas, Otto Rung e Paul Gore. Os três tinham em comum uma visão extremamente pessimista do futuro do planeta Terra, a ponto de terem sido até estigmatizados nos círculos acadêmicos. Dryas e Gore tinham outra coisa em comum: ambos eram colaboradores do Instituto Eimeric.

Memphis estava surpreso com as informações. Tudo estava indo muito melhor do que calculara. E ficou deliciado diante de uma mensagem que Alluri chegou a escrever (sem destinatário), mas não enviou: "Malditas presunções, ilusões, maldito desejo de ter esposa, filhos, casa. Maldito vinho. Maldito esperar. Maldita paciência".

Coríntios 1:19-20

Pois está escrito:
Destruirei a sabedoria dos sábios
e rejeitarei a inteligência dos inteligentes.
Onde está o sábio? Onde está o homem culto?

Um lugar seguro

Patrícia Rehder pareceu ter concluído que, se Alluri não queria sair da periferia de Paris, pelo menos seria bom ir para um lugar menos melancólico. Alugou um sobrado em Drancy. Estava bem alegre ao falar desses planos com Johanna Most:

— Tem até um quintal pra gente tomar sol!

— Mas o Jean topou?

—Ele resiste. Mas vai topar, só precisa tomar coragem de sair daquele apartamento.

Era um sobrado de setenta e oito metros quadrados, todo mobiliado. A equipe de vigilantes comemorou. Foram instaladas câmeras e escutas horas depois de Rehder ter pegado as chaves. A casa era quase um aquário para os observadores de Tysons.

Pecado capital

Rehder não conseguia fazer Alluri sair do apartamento em Saint-Denis. Já tinham se passado três dias.

Tysons considerou a possibilidade de dar um susto no anarquista para ele se convencer de que o apartamento não era seguro, mas Memphis vetou o plano. Temia colocar em perigo o que já tinha: estava satisfeito com as informações que vinham dos grampos nos telefones e computadores.

Então veio a ligação de Guy Alfred Aldred, da Dr. Guillotin, a editora que lançou *O Fracasso do Pessimismo* e que cuidava da carreira de Alluri como autor: programação de palestras, direitos internacionais, entrevistas etc. Na verdade, Aldred fez várias tentativas de ligar para Alluri, em vão. Então ligou para Rehder, que passou o telefone para Alluri.

— Ei, cara, desculpe ligar, sei que você não quer falar com ninguém. Mas tem uma coisa aqui que você precisa saber.

— Ah, tudo bem... E aí, amigo? Como estão as coisas?

— Emocionantes! E você, como está?

— Bom... tenho tido tempo para ler. A editora sofreu mais alguma ameaça?

— Mais algumas. Mas nem é por isso que estou ligando, vou falar rápido: terça, um jornalista do *Indy* entrou em contato. Um cara ok, já conheço faz tempo, por isso atendi. É claro que ele queria te entrevistar. Eu repeti que é impossível agora, mas no meio da conversa ele fez uma pergunta maluca a respeito de boatos de que você teria recebido dinheiro de uma multinacional para não mencioná-la no livro.

— Que ridículo!

— Eu até ri na cara dele, perguntei onde tinha ouvido tal bobagem, ele não quis dizer. Enfim... Depois que desliguei, dei uma pesquisada e encontrei a provável fonte do boato, se puder, vê aí. É um blog da seção australiana da WWF...

— Haha! Logo esses...

— Um tal David Watson escreveu um texto, "Extremamente lucrativo", e diz que é curioso você ter dedicado tantas páginas à Cargill, LDC, ADM e Glencore e não ter mencionado a Chênevert.

— Isso é uma cretinice! Eu não falei da Chênevert porque na época das minhas pesquisas ela não estava na lista das maiores. Foi só depois da fusão com a Smits e a Shepherd.

—Eu sei, é claro que acredito em você! Mas, olha só, essa história me deixou intrigado por causa de outra coisa. Tivemos este ano dois pedidos muito esquisitos de compra de seu livro: de uma agência de comunicação inglesa chamada Oriel e de uma firma nigeriana de comércio exterior chamada Rhodes. Uma comprou dezesseis mil exemplares e outra catorze mil exemplares. Na época achamos estranho, mas vendemos, era um bom dinheiro, mais de quatrocentos mil euros. Mandamos os livros, eles pagaram direito e eu esqueci o assunto. Mas ontem resolvi dar uma pesquisada nas duas empresas. Da Rhodes não descobri nada, tem um site, mas não informa nada de útil. Tentei ligar no telefone usado na negociação, mas cai em uma secretária eletrônica. Enviei um e-mail para o representante que nos contatou no passado, mas até agora não tive resposta. Quanto à tal Oriel... O site informa que tem cinco clientes: Chênevert Australia, Chênevert México, Chênevert Brasil, Chênevert South Africa e... a Rhodes.

O marimbondo no pé

Assim que desligou o telefone, Alluri acessou sua conta no banco. Tysons monitorou todos os movimentos. O anarquista olhou os extratos do ano inteiro. Não havia nada de estranho. Fechou a conta do banco.

Logo depois, os vigilantes do outro lado da rua viram Patrícia Rehder deixar o prédio.

Passados vinte minutos, Alluri voltou ao computador e abriu outra página de banco, dessa vez do Credit Suisse. Tentou acessar uma conta, mas aparentemente havia esquecido a senha. Era uma conta que abrira quando se candidatou a uma vaga de professor assistente na Universidade de Neuchâtel, na Suíça. Nunca mexera nela. Depois de várias tentativas, conseguiu acertar a senha. Abriu o extrato e havia apenas duas marcações, do último ano: dois depósitos de três milhões de euros. Um feito um mês antes e outro quinze dias antes. Um da Oriol e outro da Rhodes.

"Don't you know, little fool?
You never can win
Use your mentality, wake up to reality"

Na mesma noite, Rehder conversou com Johanna Most:
— Acho que consegui, ele topou ir para Drancy.
— E o que fez ele mudar de ideia?
— Foi do nada. Voltei do mercado e ele me disse que pensou bem e acha melhor sairmos do apartamento. Pediu uns dias para preparar as malas e tomar fôlego.

Na obra interminável que acontecia em frente ao apartamento, os operários comemoraram abrindo uma garrafa de Know Nothing, um legítimo uísque do Kentucky.

Judas I

Mas tu superarás a todos. Tu sacrificarás o homem que me veste.

Palavra de Jesus a Judas, no *Evangelho de Judas*

Judas II

— Você conheceu meu pai. Ele era daquele jeito que você viu: sempre entusiasmado, participativo. Quando eu era moleque e virei um fanático do futebol, meu pai foi junto, fanático igual. Até vacilei antes de desistir do futebol por causa dele. Então, entrei na faculdade e ele continuou feito torcedor. Começou a ler sobre ciências da Terra. Na boa... ele tinha mais livros de geologia do que eu.

— Jean... desculpa dizer, mas teu pai tinha muito tempo livre. E gostava de comprar coisas, tinha muitos livros, mas ler...

— Ah, Lin, caralho! Que saco! Para com isso.

— Ei, eu gostava dele! Era um playboy, mas um playboy do bem.

— Ah! Como se você considerasse a possibilidade de existir um playboy do bem!

— Tinha seu pai. O primeiro e último!

Alluri bebeu mais um gole de vinho.

— Ele sempre me entendeu, sempre me apoiou... Mas não sei se ia aguentar tudo isso...

— Quer desistir?

— Não! Claro que não! Mas de alguma maneira fico aliviado dos meus pais não estarem vivos para verem o que vou fazer.

— Para de drama!

— Não estou fazendo drama. Mas é que... vou abandonar tudo...

— Jean, você abandonou seu time de futebol no meio de um jogo, frustrou seus professores de Cambridge e ridicularizou seus camaradas da intelectualidade francesa. Você é bom em trair.

Vou sair sem abrir a porta e não voltar nunca mais...

Patrícia estava apavorada.
— Johanna, ele sumiu! Não veio para Drancy!
— Como assim? O Jean não conseguiu sair do apartamento?
— Não é isso... ele também não está lá.
— Ele, que nunca saía, agora saiu e sumiu?
— É isso...
— Calma, amiga.
— Como posso ficar calma? Ele andava tão deprimido... Falou que queria ficar uns dias sozinho, para pensar, arrumar as coisas... Mas está tudo lá, ele sumiu e não levou nada. Nem as roupas! E me transferiu um monte de dinheiro! Dois milhões de euros!

A morte de Jean Alluri

A imprensa nem notou, porque já fazia meses que Alluri deixara de ser notícia. E a onda grevista mundial já havia criado outros vilões para a grande mídia: sindicalistas, líderes camponeses, guerrilheiras... Gente bem mais perigosa que intelectuais como Alluri.

Mas o sumiço do geofísico provocou um terremoto na sede do Comitê em Tysons e fez cair o pedaço da diretoria da seção europeia que havia sobrevivido ao desastre das ações em Genebra, Bruxelas e Bolonha.

Até aquele momento Tysons tinha um plano: haveria pressão no Congresso norte-americano para que uma comissão analisasse o possível envolvimento de associados de Alluri com o caso do furgão em Washington. Tão logo o caso dos depósitos na conta de Alluri fosse tornado público, um porta-voz da Chênevert (que, aliás, pertencia a Memphis) admitiria que a empresa pagara Alluri por serviços prestados, mas se recusaria a dizer o tipo de serviço. Seria descoberto que o editor croata de *O Fracasso do Pessimismo* tinha simpatias pelo neonazismo. E, no lançamento previsto para acontecer no Brasil, Alluri seria fotografado ao lado do seu editor local, que logo depois seria denunciado como editor de livros pornográficos. Até colegas do tempo de futebol foram sondados para contar na TV como se sentiram quando Alluri os abandonou no meio de um campeonato. E para os amigos atuais de Alluri as desgraças seriam mortais. Todas essas ações foram suspensas com o desaparecimento.

Memphis estava furioso. Os agentes diretamente envolvidos na operação foram torturados para confessar um suposto envolvimento com o sumiço. Memphis chegou a ter certeza de que alguém de sua equipe havia assassinado Alluri. Mas também chegou a ter certeza de que o geofísico fora sequestrado por algum outro trilhardário, talvez John Blunt.

Nenhum dos auxiliares de Memphis ousou dizer-lhe o que todos pensavam: Jean Alluri dera fim à própria vida. Mas, sem que o patrão soubesse, um dos diretores de Tysons ordenou que se vasculhassem todos os registros de qualquer corpo que aparecesse boiando no rio Sena.

As interceptações da comunicação entre os amigos de Alluri também mostravam que alguns deles admitiam a ideia de suicídio.

— Na última vez que conversamos, ele parecia muito deprimido. Não era só a morte do pai. Tinha descoberto algo nos estudos de geofísica que deixou ele assustado...

— É, a Rehder também me falou disso.

Uns poucos achavam que Alluri fora pego pelos mesmos que quase assassinaram o Moumié e o Élias, mas a maioria achava que ele só tinha resolvido se esconder de vez e de todos. Foi essa possibilidade que levou todos a concordarem que era melhor não avisar a polícia.

Patrícia Rehder continuou a ser a mais vigiada. Ela abandonou o sobrado em Drancy logo depois do desaparecimento de Alluri, voltou a morar no apartamento que dividia com um jornalista inglês chamado Oswald Drew e menos de dois meses depois um agente de Tysons a filmou saindo de um bar perto da Place de la Bastille. Ela estava aos beijos com um namorado novo, um certo Gerhard Eisen, também jornalista e comunista.

A imagem perturbou Memphis.

"É isso, senhor Alluri, todo mundo já te esqueceu. Só eu me importo com você".

Alvo perdido

Em Tysons, o setor de interceptação das mensagens dos amigos de Alluri foi ampliado. O sistema estava programado para destacar apenas mensagens e telefonemas em que aparecessem as palavras "Alluri" e "Jean". No entanto, o grupo de amigos do alvo era amplo, conectado com muita gente e espalhado por todos os continentes. Além disso, eram pessoas que trocavam de celulares, computadores e endereços com frequência. Ou seja, ninguém em Tysons acreditava que aquela caçada renderia alguma coisa.

George Roscuro foi encarregado de vasculhar o mundo digital. O sistema fazia automaticamente as varreduras diárias na web à procura de "Jean Nardal Alluri", "Jean N. Alluri", "Jean Alluri" e, depois de tantas tentativas, qualquer "Alluri" ou "Allure". Além disso, Tysons tinha acesso completo aos sistemas do Departamento de Estado norte-americano e, através deles, acesso a quase todos os sistemas dos serviços de segurança estatais e privados do planeta. Mas Roscuro e sua equipe tinham que analisar cada alerta. Alertas falsos, sempre. Várias centenas, todos os dias. O homem tinha desaparecido da face da Terra. Mesmo morto, deveria aparecer um corpo, mas nem isso eram capazes de achar. Depois de meses, Roscuro não conseguia mais lidar com o desânimo da equipe nem com o seu próprio. Até que o chefe de Roscuro jogou, e quase acertou, um copo nele. Roscuro olhou os cacos no chão e decidiu procurar outro emprego. Ao voltar para sua sala, foi avisado de que o sistema encontrara um Alluri Raju, pesquisador visitante no setor de geofísica do Instituto de Tecnologia de Bangalore, no sul da Índia. Quase todos os documentos o tratavam por professor A. Raju. Mas em um documento recente aparecia como professor Alluri Raju. Só podia ser ele. Tinha que ser ele.

Nos minutos seguintes, a vida digital do professor Alluri Raju foi devassada por Tysons. Não havia muito o que descobrir, os documentos burocráticos com o nome "prof. Raju" não chegavam a trinta. Ele aparecera em Bangalore um mês depois do desaparecimento de Jean Alluri. E não tinha biografia.

Óbvio que alguém na direção do Instituto de Tecnologia estava envolvido no caso. Óbvio também que Alluri contara com apoio para a fuga, alguém fora de seu círculo de amizades. Memphis suspeitou do velho bilionário indiano Gautam Adani e até do próprio governo da Índia, mas preferiu não mexer na questão para não alertar ninguém. O importante era saber o que Alluri estava fazendo.

Um novo homem

Rabinder Singh foi imediatamente convocado para checar o alvo por já estar em Bangalore. Mais que isso: Rabinder estava no Instituto de Tecnologia de Bangalore. Só que ele não sabia nada do caso Alluri. Na época, estava focado na missão de encontrar os pontos fracos da equipe que estava desenvolvendo no Instituto um novo método de irrigação que prometia revolucionar a agricultura da Ásia Meridional.

Rabinder passava a maior parte dos dias contabilizando as dívidas de cada um dos membros da equipe, mapeando os relacionamentos pessoais, procurando padrões nos vídeos pornôs que assistiam... A urgência no aviso da nova missão o deixou excitado. Aquela poderia ser a chance de deixar Bangalore e ser deslocado para a Europa ou os Estados Unidos.

Em poucas horas já estava com a ficha de Alluri. Viu que o novo Alluri estava diferente daquele das imagens enviadas por Tysons: deixara os cabelos e a barba crescerem e estava mais magro. Rabinder explorou o laboratório onde Alluri trabalhava e ficou um pouco surpreso ao descobrir onde ele morava. Pensou em contatar o Comitê para tirar a dúvida, mas chegou à conclusão de que isso poderia passar uma imagem de insegurança. Só no dia seguinte, quando chegaram dois outros agentes, Tysons foi informada: Alluri havia se convertido ao hinduísmo e vivia como monge em um monastério próximo ao Instituto.

Bragg

De sua sala na Fundação Eimeric, Ronald Applebaum ficou observando aquele rapaz pelas câmaras instaladas na área de pesquisa. A cabeleira loira emaranhada, crespa, tinha umas três vezes o tamanho da cabeça. O paletó, a gravata e os óculos de aro de tartaruga pareciam herdados do avô. Stephen Bragg, garoto prodígio de Cambridge. Um grande trunfo para a Fundação e para Applebaum, que o contratara de imediato. Mas... por que raios um jovem com tantas perspectivas de trabalho aceitou um emprego tão anônimo no departamento secreto de uma fundação pouco conhecida?

Havia algo de estranho em Stephen Bragg.

A Grande Tribulação

Nos primeiros meses, além da equipe local de três agentes, mais duas pessoas em Tysons monitoraram o telefone e o computador de Alluri. Depois de dois meses, diante da monotonia que era a vida do ex-anarquista, o Comitê manteve o acompanhamento rigoroso do telefone e computador, mas deixou na vigilância local apenas o pobre Rabinder, que passou a acumular as tarefas de vigiar Alluri e também a tal equipe do projeto de irrigação.

As ligações eram sempre ligações locais, a maioria entre Alluri, alunos e funcionários do Instituto. Nada de política. No computador via-se que Alluri lia muitos textos religiosos, não apenas hinduístas, mas também budistas e cristãos. E trabalhava em planilhas e textos que, por mais que tentassem, os especialistas de Tysons não conseguiam abrir, ou, quando conseguiam, viam os arquivos se desmancharem ou se transformarem em gráficos sem sentido.

Então houve o primeiro contato telefônico de Alluri com uma ex-camarada. Aparentemente, ele atendeu o telefone por distração, em seu escritório no Instituto:

Johanna Most: Oi Jean, como vai você?
Alluri: Oi... Jô, é você?
M: Sou eu!
A: Caramba, que surpresa! Como você está?
M: Uau! Eu tô bem, e você?

A: Estou ótimo!

M: Bom, teve gente que ficou bem maluca com teu sumiço. A Rehder, coitada...

A: É... eu imagino... Preciso me desculpar com todos vocês, mas principalmente com a Rehder. O que eu fiz não foi... Mas era preciso...

M: Tudo bem... Estou feliz que você esteja vivo.

A: E vocês?... Ninguém mais teve nenhum... acidente... não é?

M: Não, estamos todos bem. Tá tudo bem mais tranquilo. Não sei se você sabe: voltei pra casa dos meus pais, como muitos da turma. Todos se aposentaram da revolução (Risos). Estou trabalhando numa agência de turismo. Fortes emoções... (Risos).

A: (Risos) Mas como foi que você me encontrou?

M: Fácil! Primeiro pensei que você tivesse ido para a África, mas então lembrei que seu pai é indiano. Não achei nenhum Jean Alluri na Índia, resolvi procurar Alluri + Geofísica + Índia e, no meio de centenas de entradas, topei com esse tal Alluri Raju no Instituto de Tecnologia de Bangalore. Chequei sua ficha na Cambridge e vi que era o nome do seu avô. Como vê, tenho muito tempo livre na agência de turismo.

A: Sorte que você não trabalha na imprensa ou na CIA. Eu não teria sossego.

M: Ei, tá me dispensando? (Risos).

A: Desculpe, claro que não! É ótimo falar com você! Tem muito tempo que não falo com ninguém da turma...

M: Como você está? Fala a verdade.

A: Ah, estou bem... A imprensa parece que esqueceu de mim. E seja lá quem for que estava atrás da gente parece que também esqueceu, não é? Enfim... É bom andar pela rua sem a sensação de estar sendo seguido.

M: Mas o que você anda fazendo?

A: Hmm, é complicado... Vim pra cá para me esconder, mas também repensar algumas coisas. Reatar a ligação com a Índia e, ao mesmo tempo, aprofundar uma pesquisa. Comecei a perceber que as críticas de alguns ecologistas contra meu livro tinham fundamento. Talvez tenha sido uma sorte tudo o que aconteceu. Foi sorte eu parar, foi sorte ter a Índia, ter o Instituto que me deixou usar o laboratório e até me cedeu uma pequena equipe. E... bem... foi sorte ter a oportunidade de descobrir a dimensão espiritual...

M: Espiritual? Que porra é essa? Virou hippie?

A: Ah, Jô. Eu disse... é complicado... tenho trabalhado com modelos geofísicos... e todas as simulações... está tudo muito pior do que eu pensava... Mas, enfim, estou em paz. Não sei se você sabe... a palavra "apocalipse" vem do grego *apokálypsis*, revelação.

M: (Risos) Quer dizer que você estava errado, que o mundo vai mesmo acabar e você resolveu apelar pra Deus?

A: Bom... pra falar a verdade... acho que é mais ou menos isso mesmo...

[silêncio]

M: Caralho!

A: É...

[silêncio]

M: Você tá de brincadeira, não é?

A: Não.

M: O mundo vai acabar?

[silêncio]

A: É... Bom... Eu sempre imaginei que fosse acontecer, mas daqui uns vários bilhões de milênios.

M: Mas vai acontecer em menos de cem mil anos, é isso?

A: Bem menos...

M: Quando?

A: É difícil dizer. Cada vez a conta dá um número menor. É como que dez menos um fosse nove em um dia, e fosse oito no dia seguinte, e sete no outro...

M: A gente vai ver o fim do mundo, é isso que você está dizendo?

A: Provavelmente.

[silêncio]

M: De vez em quando... penso em ter um filho...

A: Não sei se seria uma boa ideia agora.

M: Porra! Que merda pra se falar! Estou muito, mas muito arrependida de ter te ligado. Puta chatice!

A: Jô, me desculpe. É que não converso com ninguém há muito tempo, então despejo tudo isso...

M: E quer saber? Acho que você está errado, confio mais no Jean Alluri de antes!

A: É, eu também. Acho que devo estar errado.

[silêncio]

M: Mas... o que eu faço?

A: Cuida dos seus pais, dos seus amigos...

M: E você? O que vai fazer nestes últimos anos do planeta?

A: Não sei, acho que vou arrumar um lugar que tenha uma vista bem bonita.

O peregrino

"Fujam da ira que se aproxima".
 O homem leu isso e, olhando para o Evangelista, falou com muito cuidado:
— Para onde devo fugir?
 O Evangelista respondeu, apontando o dedo para o campo tão vasto:
— Vê, lá longe, aquela porta estreita?
— Não.
— Vê, lá longe, aquela Luz radiante?
— Acho que sim.
— Fixe o olhar nessa Luz, e suba direto até lá. Você verá a Porta. Bata e lhe dirão o que fazer.
O homem, então, começou a correr para longe de sua casa. Sua mulher e seus filhos, ao perceberem isso, começaram a gritar para que ele voltasse. Mas o homem tapou os ouvidos com as mãos e continuou correndo, gritando: "Vida! Vida! Vida eterna!". E não olhou para trás.

The Pilgrim's Progress from This World, to That Which Is to Come, de John Bunyan

Quando tudo parecia perdido...

O patrão estava furioso com Applebaum:

— O relatório que o senhor enviou não bate com as informações que tenho.

Applebaum ficou surpreso: "Mas o que significa isso? Memphis tem outro grupo pesquisando a mesma coisa?". Percebeu que seu emprego estava em perigo.

— O senhor poderia me enviar essa outra pesquisa? Para cruzarmos aqui com os dados que temos...

— Eu cruzo as informações, senhor Applebaum. Faça o seu trabalho.

E desligou o telefone.

Applebaum abriu a gaveta e pegou a garrafa de Glenturret. Pensou na reluzente Porsche Tiger: 480 cv, 507 km/h de velocidade máxima... Teria que adiar a compra, talvez. Onde é que arrumaria outro emprego tão bom? O interfone tocou.

— Senhor, desculpe-me incomodar, mas Stephen Bragg está aqui na recepção esperando, ele diz que é muito urgente.

Urgente é o uísque, pensou Applebaum. Mas voltou a garrafa para a gaveta. Era melhor se livrar do Bragg antes.

— Manda ele entrar.

Bragg entrou esbaforido carregando um monte de pastas e papéis soltos.

— Hã... desculpe-me senhor. Mas precisa ver esses números. Hã... posso fechar a porta?

— Pode fechar.

Bragg fechou a porta com todo o cuidado.

— Senhor, não mostrei isso para ninguém da equipe. Mas veja esses números, vêm da base na Antártida.

Como costumava fazer nesses casos, Applebaum olhou os números fingindo que entendia alguma coisa.

— Hmm... isso significa que... hmm... que...

— Sim, senhor, um comportamento muito estranho dos neutrinos...

Bragg disparou a falar de neutrinos ou neutrinos solares ou algo assim. E de um aquecimento no centro da Terra e das placas tectônicas... E, então, Applebaum começou a sorrir. Seu emprego estava salvo! Ele tinha boas notícias para dar ao senhor Memphis: o mundo vai acabar!

E tomar banho de sol!

Um novo agente foi enviado a Bangalore para trabalhar em dupla com Rabinder. Johanna Most, em Dusseldorf, também passou a ser vigiada.
    Uma semana depois daquela ligação, Johanna ligou de novo.
    — Desculpe-me.
    — Oi, Jô, não precisa pedir desculpas. Eu que tenho que te pedir desculpas.
    — É verdade, você precisa se desculpar: estragou minha semana! Bom... estragou o resto da minha vida. Agora vou passar o tempo esperando os terremotos, maremotos e tudo mais! Mas... de verdade, desculpe-me. Imagino que você está carregando isso sozinho há meses...
    — Tem a equipe aqui, mas evitamos falar... só recolhemos os dados, fazemos projeções... E você, como passou estes últimos dias?
    — Estou bem...
    Pareceu que ela estivera chorando antes de ligar.
    Os dois ficaram em silêncio.
    Alluri tentou consolar:
    — Jô...
    Mas ela o interrompeu com súbita animação:
    — Ei! Até pensei num jeito de subir de vida aqui na agência! Um grande pacote de turismo: os melhores lugares para ver o fim do mundo! Você que me deu a ideia!
    Alluri também riu:

— Tua agência organiza viagem para Marte? Só assim.

— É sério! Até dei uma pesquisada. Fiquei pensando que a gente podia reunir a turma. Vocês são meus melhores amigos. A gente podia escolher um lugar bonito, numa montanha com vista para o mar... e esquecer o anarquismo, o comunismo e capitalismo. Só beber, comer, dançar, dar risada, jogar futebol... Vou te mandar links de uns lugares. Tem um no Havaí...

— Ilha é melhor não...

— Califórnia imagino que também não...

— Não mesmo.

— Mas tem outros lugares: Croácia, Brasil, Espanha, África do Sul... A gente aluga uns quartos no mesmo hotel e gasta o dinheiro que nos resta. Estou te mandando os links daqui a pouco.

Meia hora depois chegaram os links. Um deles com um aviso da Johanna: "Esse do Brasil não está mais disponível: os donos estão fechando o resort, desistiram do negócio. É uma pena, dá uma olhada nas fotos. O lugar está a mais de mil e quinhentos metros e tem vista para o mar. E o mais engraçado: diz que tem vista para uma usina nuclear no litoral. Parece perfeito para ver o fim do mundo! Hahaha".

Lá de Tysons, os vigias viram a tela do computador de Alluri abrir o site do resort brasileiro. Ele passeou pelas imagens e pela descrição do lugar. Saiu daquele site, foi para o da África do Sul, depois para o da Croácia e então procurou por informações sobre usinas nucleares no Brasil. Achou Angra dos Reis, leu um pouco. Voltou ao site do resort, olhou de novo as fotos. Eram uns blocos em arquitetura simples, como se fosse uma antiga fábrica reformada, feita com tijolos, concreto, madeira e vidro. Em um bloco estava o restaurante, a adega e o bar. Um bloco menor talvez fosse a administração e a casa dos donos. Outro bloco parecia ser o hotel. Tinha dois outros blocos que não apareciam nas fotos, alojamentos para funcionários ou depósitos, talvez. Além disso, tinha piscina, quadra de tênis, sala de ginástica, sala de jogos, um campinho de futebol, um heliporto, uma horta, um pomar... O resort também se vangloriava da conexão perfeita de internet, garantida provavelmente pelo conjunto de grandes antenas que se via na foto. O lugar era bem grande e ficava à beira de uma reserva ecológica.

Alluri mandou uma mensagem para Johanna Most:

"Ei, Jô, por que os caras do Brasil desistiram do resort?"

Passaram-se poucos minutos e veio a resposta:

"Também fiquei curiosa e perguntei. Pelo que entendi, foi a combinação clássica: o custo ultrapassou as previsões, faltou dinheiro para terminar as obras da parte principal do hotel, não era viável economicamente, não conseguiram resolver o problema da estrada, que, pelo jeito, é complicado, os sócios brigaram..."

"E o que vão fazer agora?"

"Acho que vão vender. Quer comprar?"

"Eu? Bom... talvez."

"Vendeu bem esse seu livro, hein?"

"Tem também a herança do meu pai..."

"Bom... Vou perguntar para o nosso representante no Brasil."

No dia seguinte, a mensagem de Johanna:

"Três milhões de euros!"

"Tem como eu comprar sem aparecer meu nome descaradamente? Não quero jornalista e nem... nem ninguém mais me seguindo."

"Caramba! Vai comprar assim, sem nem ver? Você tá com dinheiro mesmo! Acho que vou escrever livro também... ou nascer de novo, só que dessa vez vou escolher ter pai rico!"

Intervalo, e mais uma mensagem de Johanna:

"Não entendo bem dessas coisas, mas acho que você pode abrir uma empresa, comprar como pessoa jurídica. Vou ver isso."

Os agentes em Tysons destacaram que, aparentemente, Alluri não havia contado aos amigos a respeito do dinheiro que aparecera em sua conta.

A seção brasileira foi encarregada de investigar o tal resort.

O gênio

Applebaum observava Stephen Bragg pela câmera secreta. O rapaz estava concentrado em fazer ajustes em um aviãozinho de papel. Applebaum continuava na dúvida: será que é um gênio, um idiota ou um malandro muito esperto? Seja como for, era ele quem garantia que Applebaum seguisse na boa vida. Por isso, decidiu isolar Bragg dos outros pesquisadores. Cortou a equipe e manteve alguns outros cientistas só para justificar as verbas que recebia. E para não deixar evidente que o trabalho de pesquisa da Fundação Eimeric era inteiramente feito por um nerd amalucado.

Relegere

Nas semanas seguintes, Johanna Most começou a entrar em contato com a turma.

Alluri ligou apenas para Patrícia Rehder. Foi uma conversa difícil, ela chorou muito, brigou, falou do quanto sofreu com o desaparecimento, que temeu que ele tivesse morrido... Mas, no fim, ela o perdoou. Estava feliz por ele estar bem. Falou do novo namorado. E, sim, topava conhecer o tal resort no Brasil. Alluri não lhe falou a respeito de suas projeções geofísicas.

Curiosamente, várias das antigas camaradas haviam tomado o mesmo rumo que Alluri e mergulhado no misticismo oriental. Foram elas que, depois de falarem com Most, ligaram para Alluri. Então, com elas, Alluri teve coragem de falar de suas novas leituras e de contar toda a verdade a respeito do futuro do planeta.

Cecilia Ashram

Quando desembarcou no Aeroporto de Cumbica, Jean Alluri já estava usando o sobrenome da mãe: Jean Nardal era dono da Staden Technologies, empresa com sede na Suíça que havia comprado um pequeno resort no Brasil. Apesar de ter abandonado o nome indiano, estava vestido à moda indiana. Com seus dreadlocks e barba longa, chamava a atenção em Cumbica.

Marie Ganz o esperava na área de desembarque, com um sári laranja. Ao vê-la, Alluri até ficou com lágrimas nos olhos. Ganz não, deu apenas um sorriso malandro e indicou o caminho. Luisa Galleani, também sorridente e também vestindo um sári, esperava os dois no estacionamento. Os três entraram no carro e rumaram para a nova propriedade do senhor Nardal. No carro, Luisa, ao volante, pôs para tocar sua seleção de *krautrock* em um volume alto o bastante para se sentirem tranquilos para conversar. Elas contaram que, apesar de Carla Pisacane não ter encontrado nada na varredura que fizera no resort, tinha certeza de que as marcas na poeira de certos cantos indicavam que alguém já analisara os melhores lugares para câmeras e microfones. Carla já havia instalado câmeras, sensores, super *jammers* e armadilhas pela área da propriedade e estava se divertindo com seus drones.

O lugar já tinha sido rebatizado: em vez de Villa Cecilia, como nos tempos de resort, riscaram o Villa na placa de entrada e escreveram Colônia. Pensaram antes em Comuna Cecilia, mas concluíram que isso poderia assustar os donos dos sítios vizinhos e os rapazes que vinham entregar material de construção. Ficou Colônia Cecilia.

Werner Scholem, que já cozinhava tão bem, revelou-se um gênio dos cogumelos e estava recuperando a horta. Chegaram Duval, Radowitzky, Ronni Moffitt e duas amigas de Élias: Lumina e Satã. Mas Élias não veio.

— Ele é marxista! — Luisa e Marie gargalharam. — Só vai pelo caminho que está no mapa desenhado pelo Karl Marx! Ele, o Moumié, o Ben Barka e o Carrillo, todos homens sérios!

Alluri apenas sorriu. "Talvez eles tenham razão", pensou.

Então Ganz parou de rir:

— Mas tem uma questão já dividindo a turma, sobre o povo que trabalhou ali antes. Não tinha ninguém quando chegamos, mas existe um alojamento de funcionários. A Ronni acha que deveríamos descobrir quem eram essas pessoas, saber como foi que saíram de lá, ver se querem voltar e morar conosco. A Carla é contra.

Luisa ri:

— Muito contra!

— É sim... muito contra. Ela diz que isso põe em risco nossa segurança e põe em risco também a segurança dessas pessoas. A Carla sempre acha que vai ter uma guerra.

— Ela está certa.

As duas ficaram surpresas com a dureza no tom de voz de Alluri. E ele continuou:

— Todo mundo está sabendo o que vai acontecer, não está? Será uma guerra.

What a beautiful world this will be

Alluri passou a tomar boa parte do tempo de Memphis. Mas, para não chamar a atenção dos governos e de outros magnatas, Memphis deu ordens para que seus satélites não ficassem focados o tempo todo na Colônia Cecilia.

E não parecia necessário, as imagens eram sempre as mesmas: os moradores fazendo a manutenção da propriedade, cuidando da horta e do galinheiro, trabalhando na construção de duas novas casas, fazendo meditação e, no fim da tarde, saudando o pôr do Sol. Em certo momento chegou uma turma que parecia não se integrar ao grupo religioso, então as imagens passaram a mostrar também gente na piscina, jogando futebol e dançando.

Memphis estava mais interessado nas comunicações dos moradores com o mundo exterior. Todos haviam rompido qualquer contato com o movimento anarcocomunista. Alguns, talvez a maioria, haviam seguido Alluri no mergulho na filosofia oriental.

Após a passagem pelo hinduísmo, Alluri parecia cada vez mais interessado no budismo e no cristianismo. Sua principal leitura, e do grupo em torno dele, era o *Livro Tibetano dos Mortos*, e assim as mensagens, os telefonemas e os vídeos que essa turma enviava a amigos e parentes sempre terminavam com variações de "É preciso se preparar para a morte",

"Viver a eternidade do espírito"... Em Tysons, os encarregados das escutas tinham que se esforçar para não dormir no trabalho. Saudades do tempo em que a missão era registrar fofocas sobre a correlação de forças dos fatores objetivos e subjetivos das relações sociais no capitalismo terminal.

Muito mais divertido era acompanhar as mensagens do grupo recém-chegado à Colônia Cecilia. Às vezes escapavam conselhos como "Mano, sai fora da Califórnia, vai cair tudo!", "Amsterdã, Nova York, Bangkok... nível do mar não é tendência favorável, tá ligado?", "Não é só Veneza! Não vou te explicar agora, mas, *sistah*, a Itália inteira fudeu", e se misturavam com "Eu quero mais é curtir até o fim!", "Já que não vai sobrar nada, vou gastar tudo agora!", "Vou estar tão chapada que nem vou notar".

Esses membros também revelavam mais da vida na Colônia Cecilia: "A comida é muito boa, o Werner e o time dele mandam muito bem! E estamos fazendo uma boa cerveja, mas é tudo saudável demais. Às vezes tenho saudade do frango frito do Bojangles!", "O povo aqui medita pra caralho, me dá até agonia!", "Todo mundo está assim, tentando não pensar no que vai acontecer, tentando se animar, dando risada de qualquer coisa". Uma das gravações registrou alguém aos risos: "A gente é que nem a família Manson, só que não saímos por aí pregando paz e amor, e não matamos ninguém, ainda".

Dois trechos foram especialmente comemorados em Tysons, pelo que revelavam do cotidiano de Alluri: "A única que trabalha com o Jean é a Manoela, que também é da geologia. A Carla, a Marie e a Duval ajudam na parte da informática. Mas o resto de nós não tem nada o que fazer lá, somos todos de humanas! Aliás, penamos aqui com a horta e com os tijolos também, nem pra isso servimos" e "Alluri tá cada vez mais parecido com um Jesus Cristo, um Jesus rastafári negro indiano. Trabalha feito um desesperado nos computadores, o dia inteiro, acho que ainda tenta encontrar alguma coisa que prove que suas projeções estão erradas. No fim da tarde sobe para a capela, lá no morro, e fica fazendo suas rezas budistas. Já batizamos o lugar de Monte das Oliveiras".

Essas ligações e mensagens seguiam sem cuidados com a segurança. Mas as comunicações de Alluri e Manoela Pardiñas com o mundo exterior eram muito bem criptografadas, e essa foi uma das razões que fizeram a nova equipe na Tysons começar a levar a sério aquelas histórias apocalípticas. Porque, nos primeiros meses, ainda que ninguém admitisse, todos estranharam o interesse de Memphis por aquele ex-anarquista transformado em monge, líder de uma seita de hippies maconheiros. Um novo Rajneesh ou um novo Jim Jones, que importava? Mas a criptografia nas mensagens de Alluri e Pardiñas revelava uma seriedade sinistra. Muitos em Tysons começaram a se perguntar se não seriam verdadeiras aquelas histórias de fim do mundo.

O ambiente foi ficando cada vez mais tenso: começaram semanas cheias de berros, gritos, xingamentos e algumas cenas de agressão física até que um dos membros da equipe, o colombiano Vicente Lizcano, decifrou o código usando um de seus hobbies: o estudo da Jyotisha, a astrologia hindu.

O alívio e até alegria pela quebra do código durou enquanto a notícia era comunicada à chefia e retransmitida à diretoria: quando o helicóptero de Memphis aterrissou na sede em Tysons, já não restava no prédio inteiro nenhum sinal de alegria ou alívio. E, quando Memphis entrou na sala de reuniões, o que viu foi três homens prostrados, um deles com olhos vermelhos de quem acabara de enxugar as lágrimas. Aqueles homens já tinham visto (e provocado) muitas mortes e sofrimento, mas o que acabavam de descobrir era muito assustador, mesmo para eles.

Já se sabia que Alluri continuava a dirigir o trabalho da equipe de geofísica do Instituto de Tecnologia de Bangalore, que estava em contato com centros de pesquisa espalhados por todos os continentes e se correspondia intensamente com alguns dos principais geofísicos, astrofísicos e oceanógrafos do mundo. Mas Tysons não sabia nada do conteúdo dessas comunicações, e a quebra do código revelou mensagens aflitas a respeito das catástrofes que estavam por vir.

Bill Sullivan levantou-se assim que seu chefe, Carl Bush, entrou acompanhando Memphis. Este já havia recebido uma sinopse:

> Do extremo sul do Chile até o Alasca, toda a Costa Oeste das Américas desaparecerá em um pesadelo de vulcões e terremotos. Do outro lado do Pacífico, o mesmo acontecerá com o Japão, parte da costa da China e quase toda a Oceania. A Islândia desaparecerá num mar de lava. Além da violenta erupção dos vulcões em países como Itália, Espanha e Grécia, o sul da Europa será varrido por uma tempestade de areia vinda do Saara, que sufocará quase toda a vida. E, então, o mar irá se levantar em ondas

imensas, engolindo todas as cidades costeiras do planeta. Nova York, Rio de Janeiro, Lisboa, Barcelona, Hong Kong, Amsterdã... tudo vai virar mar. Bangalore e quase toda a Índia também. A poeira fará a Terra virar um forno que não deixará um rastro de vida. A temperatura passará dos 70 graus Celsius...

Sullivan tentou manter a compostura e expressar uma voz firme:
— Carl... senhor Memphis... acabamos de gravar um áudio de Alluri com duas cientistas: a professora Lucy Parsons, astrofísica da Universidade de Berkeley, e Marie-Louise Berneri, geofísica do Instituto Federal de Tecnologia de Zurique. Acho que vocês vão querer ouvir.

Bush olhou para Memphis que, com cara de desagrado, resmungou algo que foi entendido como um "sim". Sullivan apertou o botão e eles ouviram a voz de Berneri:

Berneri: É um pouco louco isso: passamos a vida alertando que o planeta estava em perigo e agora que isso está confirmado vamos ficar quietas?

Parsons: Já falamos tanto a respeito, Marie, para que repetir? Antes, adiantava alertar. Agora não adianta mais. Antes, talvez o aquecimento pudesse ter sido contido ou talvez a gente pudesse ter iniciado esse projeto do Alluri de criar colônias em Marte, sei lá... mas agora é tarde.

Alluri: É, é tarde.

P: Nós tentamos, Marie, vamos morrer de consciência tranquila. É o que resta.

B: Não seja irônica, Lucy.

P: Desculpe-me, Marie, mas não é ironia, tenho feito um balanço da minha vida, do que valeu tudo isso...

A: Cinco anos... Cinco anos para viver... Eu admiro meus amigos aqui da Colônia Cecilia que, mesmo sabendo disso, continuam a rir, dançar e se divertir...

Sullivan parou o áudio e adiantou para outro trecho. Ouviu-se primeiro a voz de Alluri: "Lucy, vem para cá, sai da Califórnia".

Lucy Parsons: Obrigado, querido. Vou sair da Califórnia, mas ficar nos Estados Unidos.

Berneri: Lucy, você sabe que...

P: Marie, eu sei, mas quero ficar com minha família. Minhas netas, meu filho, minha mãe...

A: Traz eles... o lugar aqui é bem grande...

P: Obrigado, Jean, mas minha família... Não consigo levar eles nem para o Colorado... É... (risos)... Aluguei um sítio no Colorado, mas eles acham que estou maluca (risos)... "Colorado? Lá só tem branco! Pra que você arrumou um sítio no Colorado?" E o pior é não poder contar nada... Não, não é o pior... O pior é olhar para os meus netos, a Alice tem quatro anos... É a coisa mais linda do mundo... Ai, me dói tanto... saber que ela não vai chegar na adolescência...

B: As pessoas deveriam saber...

A: Mas de que adianta saber agora? Seria apenas dividir nossa dor...

P: Como seriam os próximos cinco anos da vida do meu filho sabendo que tudo vai desaparecer? Seria um velório de anos...

B: Não precisa ser assim, tem uma chance, aqui em Zurique pode ser que...

A: Isso! Aqui onde estamos também... pode ser que resista.

P: Alluri, Berneri... Vocês sabem que não é verdade, e mesmo que fosse... Vocês iam querer viver no mundo que vai restar?

Sullivan desligou.

— Tem outros trechos assim, que eles falam desse prazo: cinco ou seis anos. Falam dos neutrinos solares, do aquecimento global... e... bem... terremotos, maremotos, tempestades, vulcões. Ainda não conseguimos abrir os anexos, mas, pelo que entendemos das conversas, têm as medições, os gráficos, as projeções...

Memphis olhou para Bush.

— Todos aqui estão conscientes de que é preciso manter silêncio total sobre isso, certo?

— Sim, senhor.

— Isso não pode sair daqui. Se for o necessário, anule todo mundo aqui.

Bush olhou rapidamente para Sullivan e voltou a encarar o senhor Memphis.

— Sim, senhor.

O patrão bufou algo, virou as costas e saiu da sala.

Por favor, permita que eu me apresente...

A primeira mensagem que Alluri recebeu da Fundação Eimeric apresentava a entidade e fazia um convite vago para que ele se tornasse um de seus colaboradores. Ele não respondeu. A segunda mensagem chegou logo depois: mencionando conhecidos de Alluri como membros da equipe da Eimeric, convidava Alluri a visitar a sede da entidade, em Richmond. A Eimeric, claro, mandaria um helicóptero buscar o convidado. Tysons acompanhou como o convite foi recebido por Alluri, por meio das mensagens que ele enviou nos momentos seguintes.

Alluri: Recebi uma mensagem de uma certa Fundação Eimeric. Alguém de vocês conhece?

Lucy Parsons: Tenho ouvido falar dela. Pelo que entendi, dedica-se a patrocinar pesquisas sobre Marte. Entraram em contato comigo recentemente, queriam um parecer sobre um texto de um professor da Universidade de Helsinque. Eu não aceitei, estou sem tempo e sem cabeça para algo assim.

Alluri: Será que é por causa dos meus estudos sobre Marte que entraram em contato comigo? Mas como souberam?

Parsons: Jean, você sabe bem: quando faz pesquisas a respeito de certos documentos, sua trilha fica registrada. Você lê os textos, e eles te leem.

Alluri: É, deve ser isso. Mas também não vou aceitar o convite, não tenho a menor intenção de sair daqui.

E então veio a terceira mensagem. Dizia que um dos diretores da Eimeric estava no Brasil, em São Paulo, e gostaria de conversar com Alluri.

Berneri: Puxa, eles querem mesmo falar com você!

Parsons: Recebe o cara, o que você tem a perder?

Alluri: Meu temor é que seja um jornalista.

Parsons: Jean, a Eimeric existe, tem sede na Virgínia, e esse tal diretor que quer te visitar aparece listado no conselho da entidade. Pode ver lá: Joseph B. Memphis.

O sino da igrejinha faz belém, blem, blom

O helicóptero era tão grande que por um momento pareceu que nem caberia no heliporto da Colônia Cecilia. Todas as pessoas que estavam trabalhando na horta e na construção de uma das casas pararam para observar a aterrisagem. Dois colonos conseguiram derrubar o pequeno poste de madeira que estava à beira do heliporto.

— Ei! Vocês desmancharam o pentagrama! — uma mulher reclamou.

O poste derrubado formava um conjunto com outros quatro. No alto de cada poste estavam amarradas as pontas de largas fitas coloridas, que formavam uma estrela. A precária estrutura tinha sido montada para a festa que acontecera um mês antes para celebrar o casamento de Simona e Carla.

Só depois que o poste foi derrubado o helicóptero conseguiu aterrissar. Os habitantes da Colônia então voltaram às tarefas e a única pessoa que se aproximou da máquina foi uma jovem mulher de pele clara e cabelos pretos quase ocultos por um véu. Vestia um sári alaranjado.

A porta do helicóptero se abriu e aquele pequeno homem de terno e gravata olhou a paisagem em volta:

— Que lugar fantástico! Agora entendo por que o senhor Alluri não quer sair daqui. De fato, homem de grande sabedoria.

— Senhor Memphis?

— Eu mesmo.

— Alluri não sabia que horas o senhor chegaria, mas está esperando. Por favor, me acompanhe.

Memphis disse algo para pessoas que estavam no helicóptero e saiu. Olhou em torno mais uma vez, fingindo curiosidade. Afinal, conhecia tudo aquilo pelas imagens de satélite. Então seguiu a mulher.

Subiram o morro por um caminho de pedras que em alguns trechos virava escadaria. Depois de dez minutos de caminhada, Memphis parou para tomar fôlego e observar a paisagem.

— Falta muito?

— Não, estamos chegando, mas pode descansar o quanto quiser.

— A vista é magnífica.

— Lá de cima é ainda mais bonita.

— Você... como você se chama?

— Gesia.

"Gesia Helfman", Memphis anotou mentalmente: comunista feminista israelense. Agora transformada em monja. Que milagre de conversão!

— Gesia, podemos ir.

Continuaram a subida por mais três minutos e então Memphis quase tropeçou ao ver surgir a capela: uma pequena construção branca rústica, majestosa em sua simplicidade. À frente dela, um pavilhão de pedra que terminava à beira do penhasco. Por alguns instantes, Memphis desejou estar ali sozinho.

— Esta capela é a mais antiga construção desta fazenda. Foi reformada pelos antigos donos, mas mantém o desenho original do século passado. É o lugar favorito de Alluri, é aqui que ele vem para meditar. Por favor, vou avisar que o senhor chegou.

Enquanto ela entrava na capela, Memphis ficou admirando a paisagem. Dava para ver, lá embaixo, uma pequena cidade à beira-mar. Todo o resto parecia intocado por humanos.

— Senhor Memphis, pode entrar.

Estava escuro no interior da capela. Entrava um pouco de iluminação pela porta e havia umas poucas velas acesas no pequeno altar. Ao lado do altar, em pé, estava um homem magro e alto, de peito nu, descalço, dreadlocks compridos e uma barba também longa, vestido apenas com uma espécie de sarongue de cor escura.

— Senhor Memphis, desculpe-me não ter ido recebê-lo...

Mostrava um sorriso humilde, de uma tristeza tão profunda que Memphis sentiu inveja.

Os dois homens apertaram as mãos.

— Senhor Alluri... Tenho acompanhado seu trabalho com imensa admiração.

— Muito obrigado pela gentileza, mas o senhor se refere ao livro? Não é das minhas leituras favoritas hoje em dia.

— Ah, *O Fracasso do Pessimismo*. Não... não é a ele que me refiro. Eu também não... enfim... o que me chamou a atenção foi o trabalho que o senhor fez nos últimos meses... a respeito dos neutrinos solares, das movimentações das placas tectônicas...

Alluri encarou Memphis.

— Mas como o senhor sabe disso? Nada disso foi publicado.

— Não digo que sei tudo, mas sei muito... Algumas pessoas com quem o senhor tem se correspondido têm contato com colaboradores da Fundação. Todas falam com muita admiração do senhor.

Gesia os interrompeu:

— Alluri, vou descer, preciso terminar os incensos.

— Ah, sim, obrigado, Gesia.

Ela fez um cumprimento para Memphis, virou as costas e saiu da capela. Os dois homens ficaram em silêncio por alguns minutos.

— Que bela paisagem você tem aqui... a floresta, o mar... alguém me disse que dá pra ver uma usina nuclear, é verdade?

— Dá pra ver um pedaço de uma delas, mas muito ao longe. O senhor quer ver?

— Depois. Agora não, desculpe-me. Estou ainda mais encantado com esta capela. Lá fora é o melhor lugar para ver o fim do mundo. Aqui parece o melhor lugar para estar quando ele acontecer.

Memphis teve a impressão de um relance de perplexidade, dúvida e talvez até raiva no olhar de Alluri. Foi algo bem rápido.

Alluri então voltou seu olhar tristonho para as velas.

— Ah, o senhor gosta de espiar...

— Bem... eu disse... sei muito. Mas isso importa? Importa como eu sei? O que importa é o que o senhor sabe.

— O que eu sei? Acordo cada dia sabendo que sei cada vez menos. Por mais que estude ou pesquise, nenhuma força surge dentro de mim. Quanto mais me aproximo do momento de ser lançado ao infinito, mais longe estou de entender.

Ao terminar estava de cabeça baixa, parecia até mesmo ter os olhos marejados. Um homem cansado, triste.

Memphis estava impressionado. Não esperava aquela explosão emocional. Então lhe veio à alma a razão real de estar ali: não foi para ter acesso aos documentos criptografados, nem para testemunhar o completo fracasso do antigo Alluri. Deus lhe dera uma missão: resgatar aquele homem. E agora Deus avisava que sua tarefa ainda estava pela metade. Memphis conseguira destruir o otimismo pecaminoso de Alluri, mas agora precisava resgatá-lo dos extremos do pessimismo: "Perdoai-lhe e consolai-o, para que tal homem não seja absorvido por tristeza excessiva". Memphis pôs um sorriso no rosto:

— A melancolia é um péssimo passatempo. Sei que você tinha um plano, uma saída... Marte...

— Você realmente sabe muito... — Alluri falou sem levantar a cabeça.

— Mas então sabe que não era um plano, eram só estudos, anotações... seja como for, nada disso tem importância mais, não temos mais tempo, precisaríamos de pelo menos uns dez anos pela frente... Não temos isso.

— A Fundação trabalha nisso há quinze anos. Já temos uma base em Marte, em uma caverna no Valles Marineris. Tem nove homens trabalhando junto com androides, é uma estação pequena, preparada para receber no máximo trinta pessoas, mas estamos montando uma estrutura muito maior. Daqui a duas semanas, quando a órbita de Marte trouxer o planeta para o ponto mais próximo da Terra, enviaremos mais várias toneladas de equipamentos, sementes...

— Uma base? Mas eu não li isso em lugar nenhum!

Memphis ficou satisfeito com a cara de surpresa de Alluri.

— A Fundação não gosta de fazer propaganda. Também estamos ampliando a estação Hoover, o plano é que seja o porto para uma grande nave partir com cinco mil pessoas.

— Cinco mil pessoas... A humanidade então pode sobreviver...

— Isso mesmo!

— Enquanto bilhões vão morrer...

— Mas o senhor deixaria morrer uma pessoa porque não pode salvar outras dez?

— Eu não gostaria de estar entre essas cinco mil.

— Vim aqui justamente para convidá-lo. Pense bem, temos a chance de levar para Marte a memória de tudo o que se aprendeu na Terra, levar as melhores pessoas deste planeta, as mais sábias, as mais pacíficas e espiritualizadas, criar uma nova humanidade.

— Obrigado pelo convite, senhor Memphis. Se o senhor quiser, vou ajudar como for possível, mas não serei seu passageiro.

Memphis sorriu.

— Depois veremos, temos ao menos alguns anos para decidir isso, não é?

— Quando essa nave estará pronta?

O magnata vacilou:

— Seis anos, talvez cinco.

— Desculpe-me dizer, senhor Memphis — Alluri voltou a abaixar a cabeça —, mas não temos cinco anos. Talvez nem quatro.

— Quatro anos?

— Ou nem isso.

— Mas a Fundação pode acelerar, temos centenas de bilhões de dólares!

— Seria preciso alguns trilhões de dólares para fazer algo em dois anos no máximo. Senhor Memphis, sua Fundação não pode trabalhar nisso sozinha, se é o que está pensando.

— Não posso envolver políticos, isso tornaria tudo público...

— Não pode, de fato. Se nossas projeções fossem divulgadas, haveria tanto desespero pelo mundo que nada poderia ser construído.

Os dois homens voltaram ao silêncio.

— Mas são uns três mil bilionários no mundo, não é? — E então Alluri continuou: — Basta metade comprar sua passagem por uns dez bilhões de dólares, e sua nave, senhor Memphis, estará pronta em menos de dois anos.

— Já pensei nisso, mas não gosto da ideia. Conheço vários bilionários e todos os trilhardários deste nosso mundo e não colocaria nenhum deles numa lista de melhores seres humanos. Nunca conheci algum que fosse sábio e pacífico.

Alluri, enfim, sorriu:

— Ora, senhor Memphis, o senhor deixaria de salvar os santos porque não quer levar junto alguns pecadores?

Aquela conversa seguiu por toda a tarde e deu início ao maior feito tecnológico da história da humanidade. Naquela tarde, Alluri ajudou Memphis a definir as linhas básicas do Empreendimento.

Família vende tudo

Na viagem de volta, Memphis leu uma nova mensagem de Applebaum: "Acabo de enviar novo relatório, o cenário ficou ainda pior". Memphis nem quis perder tempo. Começou a disparar ordens para acelerar a venda de todas as propriedades e operações que não se relacionassem diretamente ao Empreendimento. Em poucos dias passou a controlar o setor aeroespacial do Ocidente e também a indústria metalúrgica dos Estados Unidos, Japão, Coreia do Sul, Brasil e Europa Ocidental. Por sugestão de Alluri, tomou a maior parte de seu rebanho de gênios da matemática, que passava o dia operando nos microssegundos das especulações financeiras, e deslocou o grupo para trabalhar com as equipes de engenheiros, astrofísicos e outros cientistas que planejavam a nave, a viagem e o assentamento em Marte. Arrendou minas, vendeu todos os seus latifúndios e só não saiu completamente do setor imobiliário porque fez uma operação multibilionária para arrendar áreas próximas dos centros espaciais em Oklahoma, Novo México e Flórida, onde iniciou a construção de condomínios fortificados. Afora uma pequena minoria da Fundação Eimeric, ninguém da corporação foi informado das razões de todo esse movimento.

Memphis havia dito a Alluri que entraria em contato com outros trilhardários e bilionários, mas sabia que não seria necessário: a ousadia de seus movimentos naqueles dias não foi notada pelos jornalistas econômicos, mas foi percebida por alguns dos outros homens mais ricos do planeta. Como Memphis já previa, o primeiro a ligar foi Carl

Clusius. O sul-africano, assim como Memphis, nascera um bilionário, mas soubera superar essa origem humilde e transformar-se em trilhardário — para isso bastou ficar quieto, sem fazer besteira. Os Clusius fizeram fortuna com o comércio sangrento de diamantes africanos, porém nos anos 1970 expandiram o negócio para outros ramos da mineração e também para o negócio de armas.

 Quando Carl herdou a empresa, teve seu momento de sensatez na vida e, basicamente, deixou o negócio com quem entendia do assunto. Vivia no Catar, em um palácio lotado de *babies schurk* de última geração e duas fontes de vinho licoroso. Memphis o considerava um idiota pervertido, mas menos idiota e pervertido que o resto dos ricos que conhecia. Clusius era, entre os outros trilhardários, o mais entusiasmado com o projeto de colonizar Marte e doara muito dinheiro para a Fundação Eimeric, apenas para ter o direito de informação privilegiada. Mesmo assim, tinha noção da mais alta hierarquia do planeta e não teria a ousadia de cobrar seus direitos de Memphis.

 — Ei, Memphis, meu povo aqui está meio perdido tentando entender o que seu grupo está fazendo. Já estavam para comprar aqueles três quarteirões em Nova York quando eu falei, "Opa! Deixa eu ver o que está acontecendo com meu amigo Joseph Everett Cotten, de repente ele está apertado, tá vendendo porque está passando fome, precisando de dinheiro...!".

 — Carl, não compre os três quarteirões, não vale a pena.

 — Memphis, o que é que vale a pena?

 — Vale a pena esquecer a Terra. Carl, chegou a hora.

 Silêncio do outro lado.

 — Já? — Clusius perguntou com a voz tremulante.

 — É como se fosse já... Quatro anos ou três... ou talvez nem dois...

 Memphis teve quase certeza de que houve um soluço do outro lado. Ficou quieto, ouvindo aquele silêncio que poderia significar ou nada ou algumas dezenas de bilhões a mais para sua colônia em Marte.

 Por fim:

 — Memphis, eu estou dentro, certo?

 — Carl, você é o primeiro nome na minha lista.

 — O que preciso fazer?

 — Dinheiro, Carl. Vamos precisar agora de mais dinheiro para fazer as coisas mais rápido. Mas antes de tudo é preciso silêncio, quanto menos pessoas souberem disso, melhor.

— Claro!

Memphis sabia que Carl não manteria silêncio.

Não passou nem uma hora e veio a mensagem do John Blunt. Outro, John Law, entrou em contato dez minutos depois. Quando George Hudson ligou, Memphis não pôde atender porque já estava entrando em uma reunião com seus amigos do Pentágono. Graças a esses amigos a maior parte da base de Memphis em Marte havia sido construída com dinheiro do contribuinte norte-americano, desviado do orçamento militar. Foram eles também que encobriram o fato de Memphis ter se apropriado da estação Hoover. Da *Arte da Guerra*, tinham aprendido a importância de saber se render para o mais forte. No entanto, desta vez, ao entrar na sala, o magnata percebeu que os três militares estavam tensos, hostis, o que significava que já haviam sido informados do caso (talvez por Clusius). Memphis agiu como se não tivesse notado, começou a contar o caso desde o início e foi interrompido pelo impaciente general Winfield Scott:

— Você devia ter nos informado antes!

— Eu tive a informação há três dias! — Memphis mentiu. — E só confirmei ontem!

— Devia ter nos informado há três dias!

— O maior problema nem é esse — o almirante George Dewey entrou na discussão. — O problema é que precisamos levar a informação para o secretário e o presidente! Ou será um crime de alta traição!

— Sim, senhor Dewey, acho uma ótima ideia — Memphis lançou um olhar caridoso para Dewey. — Sim, vamos levar a informação. Se quiserem, eu também posso falar com eles. Vamos fazer o seguinte: vocês três ligam agora para o secretário da Defesa e eu ligo para o presidente. Mas vamos antes fazer uma pequena aposta. Quem, senhor Dewey, será atendido antes: eu ou os senhores?

O silêncio que tomou a sala durou um longuíssimo minuto e foi quebrado pelo general John Fiske:

— Desculpe, senhor Memphis. O senhor pode imaginar que a notícia... bem... caiu como uma bomba aqui. Estamos todos muito tensos. Por tudo o que isso significa... e também porque detalhes da parceria que temos com o senhor podem acabar se tornando públicos... Enfim... desculpe-nos.

— Eu é que me desculpo, senhores. Senhor Fiske, senhor Dewey, senhor Scott... De fato, eu deveria ter trazido essa questão antes. Havia uma suspeita de que o prazo estava diminuindo rápido, mas agora eu pergunto uma coisa: o que dizem os meninos do setor de astrofísica do governo?

— A maior parte deles garante que as projeções que o senhor trouxe antes estão erradas. O relatório só não foi emitido porque três dos pesquisadores, uma espanhola e dois pretos, discordam da maioria. Como o senhor sabe, um relatório desses só segue quando existe unanimidade. O chefe da equipe pretende cortar os três divergentes e resolver a coisa.

— Ótimo! Mande os três para minha equipe. Preciso de gente assim... Pensando bem, melhor não. Melhor deixar eles onde estão. Façam os três continuarem na equipe, arrumem um jeito de cortar o chefe da equipe e de enrolar a questão do relatório. E bem... a avaliação que está valendo é essa que diz que estou errado, não é? Então não existe traição da parte de vocês. Estão agindo de acordo com o que é consenso no governo, certo?

Winfield Scott falou num tom mais respeitoso do que tinha usado antes:

— Mas, se vamos acelerar a coisa, não tem como manter segredo ... hã... por fora... Será mais dinheiro, mais gente envolvida...

— Não se preocupe com isso. No primeiro momento, não será necessário que o governo injete mais dinheiro, eu e alguns amigos vamos bancar a diferença nestes primeiros meses. A maior parte do trabalho será feita nas minhas indústrias, só tenho que contar com a paciência de vocês, porque, por causa disso, não vou entregar algumas encomendas já feitas pelas Forças Armadas.

Os três militares se apressaram em dizer:

— Sem problema, claro! E garantimos que os pagamentos por essas encomendas sejam feitos nos prazos já acordados.

Memphis lançou seu sorriso caridoso e seguiu:

— É obvio que em algum momento avisaremos o presidente, mas não agora... Daqui uns oito ou nove meses. Por enquanto, quanto menos gente souber de tudo isso, melhor. Depois, quando avisarmos, o presidente não terá tempo para vasculhar o que eu e vocês fizemos antes. Na verdade, ele estará muito agradecido por tudo.

"O Um torna-se Dois, Dois se torna Três, e do terceiro surge o Um, assim como o Quatro"

Os gênios matemáticos que até então se dedicavam ao mercado financeiro mostraram sua utilidade na engenharia espacial. Graças à ajuda deles, em poucas semanas os engenheiros puderam apresentar um plano para construir não só uma astronave, mas três, que juntas levariam pelo menos vinte mil pessoas a Marte. Tudo estaria pronto em vinte meses.

O dinheiro inicial veio principalmente dos fundos de pensão saqueados por Memphis e seus parceiros. Fizeram isso de maneira que demoraria mais de três anos para esse rombo aparecer. "Afinal, ninguém na Terra vai precisar desse dinheiro, ninguém vai ter aposentadoria mesmo!", disse aos risos o banqueiro John Blunt.

Ninguém questionou a liderança de Memphis. Mas ele sabe que Blunt e alguns dos outros resmungaram muito contra a proibição de visitarem a Hoover antes do dia programado para o embarque nas astronaves. A estação espacial foi transformada em uma imensa fábrica onde aconteceria a montagem final de tudo, e Memphis não queria ninguém lá além dos funcionários. Até os militares norte-americanos foram retirados da Hoover.

Havia o plano de transformar a própria estação em uma quarta nave, mas isso exigiria mais três anos. Memphis não acreditava que teriam esse tempo.

Mò Fă

O cronograma inicial de Memphis acabou sendo atropelado pelos acontecimentos. Cinco meses depois, recebeu uma ligação de Fiske:
— Precisamos conversar... é a respeito dos chineses...

Os satélites norte-americanos haviam captado a atividade frenética no centro de lançamentos de Jiuquan. E a ampliação da Estação Espacial Jiang Qing. Quando Memphis, Fiske, Scott e Dewey sentaram-se para conversar, havia mais uma novidade: na base de Baikonur, no Cazaquistão, os russos também haviam ampliado a atividade.
Não havia mais como esconder. Era preciso avisar o presidente.

Home of the brave

A reunião aconteceu na residência oficial de Camp David. O presidente chorou pelos Estados Unidos, pelos cidadãos norte-americanos, por Delaware, pelos Blue Rocks, por Camp David... Enfim, chorou muito. Mas prometeu manter silêncio absoluto sobre o que ouvira e liberar todos os recursos necessários, mesmo que ilegalmente, sem consultar o Congresso.

Também ordenou o início da transferência de ogivas nucleares para Marte.

A maior parte do orçamento militar passou a ser dirigida ao programa espacial. O secretário de Defesa ensaiou um protesto:

— Mas e se formos atacados?

O presidente deu risada:

— Uma invasão? Dos chineses? Dos russos? Eles pelo jeito já sabem que têm mais o que fazer! Temos que nos preocupar é com a possibilidade de eles invadirem nosso pedaço de Marte. Ah, é mesmo, tem os mexicanos, os sul-americanos... Deixa eles invadirem os Estados Unidos! Não queriam tanto entrar aqui? Podem entrar e ficar com tudo. É tudo *free*!

"Hey ho, let's go!"
sont les mots de l'espoir!

Os europeus também estavam ampliando o Centro Espacial de Kourou, na Guiana Francesa. Foi uma corrida espacial imensamente maior e mais cara que a do século XX entre Estados Unidos e União Soviética.

Seguindo o exemplo de Memphis, os outros trilhardários e multibilionários envolvidos no projeto deslocaram seus gênios matemáticos, até então dedicados à especulação financeira, para trabalhar no Empreendimento.

O brilho elétrico do metal

A partir daquela tarde em que se encontraram pela primeira vez, Alluri tornou-se o conselheiro de Memphis. Os dois passaram a conversar regularmente, ainda que à distância. O magnata deixou o trabalho da Fundação Eimeric em Richmond sob supervisão do ex-anarquista, e assim, sem sair da Colônia Cecilia, Alluri passou a centralizar a contagem regressiva para o fim do planeta Terra. Com isso, definia com Memphis todo o cronograma do Empreendimento.

Manoela Pardiñas e alguns dos membros da equipe de Alluri no Instituto de Tecnologia de Bangalore foram transferidos para Richmond para trabalhar diretamente com Stephen Bragg.

Quanto ao antigo diretor, Ronald Applebaum, ficou sem função. Depois de algumas semanas, entrou em contato com Memphis. Queria marcar uma reunião.

— Hmm, senhor Applebaum... reunião a respeito do quê?

— Bem, eu sei de algumas coisas... Mas gostaria de conversar pessoalmente com o senhor.

Memphis ficou perplexo. Estaria o senhor Applebaum fazendo uma ameaça?

A reunião foi marcada para oito dias depois, em Washington.

Nos dias seguintes, Tysons se informou a respeito das dívidas milionárias de Applebaum, dos processos movidos por duas das quatro ex-esposas, do problema com cocaína e apostas, das tantas multas por excesso de velocidade... Memphis percebeu que a vida de Applebaum não estava fácil. Alguém precisava ajudá-lo a se livrar daqueles problemas.

No dia da reunião, Applebaum saiu cedo de Richmond. Foi com seu Porsche Tiger decidido que dessa vez não ultrapassaria os limites de velocidade e não seria multado. Queria ir com tempo e calma, até para pensar bem a respeito do que diria para Memphis. Não tinha provas de nada. Mas tinha suspeitas com relação a Stephen Bragg e a nova equipe de Alluri. Estava convicto de que Bragg e a tal Manoela Pardiñas se conheciam antes. Ele não tinha evidência alguma, mas Tysons saberia descobrir o que estava acontecendo.

Pegou a Interstate 95 em direção de Washington. O acidente aconteceu vinte minutos depois. Segundo o relatório da polícia, o Porsche estava em alta velocidade, capotou e explodiu. De Applebaum sobraram pouco mais que cinzas.

Logo depois da missão, os dois agentes voltaram tristes para Tysons.

— Deu pena.

— É, dessa vez deu um pouco de pena.

— Deu, sim. O Porsche era muito bonito.

Isaías 60:8-9

Quem são esses que vêm deslizando como nuvens, como pombas que retornam aos pombais? As ilhas esperam por mim. E os navios de Társis vêm à frente, trazendo seus filhos de longe, com sua prata e seu ouro.

VIP

Memphis partiria da Terra como o homem mais rico do sistema solar. A alta das empresas aeroespaciais e a venda de poltronas na nave enriquecera ainda mais não só ele, mas também Clusius, Blunt e os outros magnatas que se tornaram sócios no Empreendimento. Enquanto isso, a crise nos "setores terrestres" transformava muitos bilionários em milionários ou falidos.

Cada passagem na primeira classe custava doze bilhões de dólares e dava direito a câmaras criogênicas especiais, com frisos em ouro e o nome do passageiro grafado em titânio. Havia passagens mais baratas nas classes executiva, top-mars, astro-plus e econômica, mas nada por menos de dois bilhões. Acompanhantes membros da família tinham desconto, mas um casal com um filho pagaria pelo menos seis bilhões na mais barata das alas econômicas.

O bilionário brasileiro Henrique Himmler ficou indignado quando soube que o custo mínimo para levar funcionários, como seguranças particulares ou babás, por exemplo, também seria de dois bilhões cada. "Como? São só empregados!" Ele tinha esposa e três filhas: seriam quase quarenta bilhões para a passagem dele na primeira classe, mais as passagens econômicas da esposa, filhas, três babás, dois seguranças e uma criada. Resolveu não falar nada para a família e viajar só acompanhado de um segurança e três *babies schurk*, porque elas iriam como bagagem.

E eu serei seu Deus
e ele será meu filho

Com o aumento na disponibilidade de vagas e a crise que afetou vários setores da economia desfazendo fortunas, Memphis e seus sócios criaram o financiamento das passagens para simples bilionários e até mesmo para os pobres multimilionários. Eles chegariam endividados em Marte para formar uma nova classe trabalhadora.

Alguns pagaram bem menos ou não pagaram nada, como o presidente dos Estados Unidos e seus secretários, generais, almirantes e juízes da Suprema Corte. Líderes políticos e chefes militares de quase todos os países tiveram descontos especiais, assim como os donos de meios de comunicação e *influencers*.

Também viajariam pagando menos ou sem pagar nada os grandes líderes religiosos de todas as religiões monoteístas. O papa estava velho demais para entender o que se passava e embarcaria dopado pelos grupos conservadores da Igreja, que esvaziaram as contas do Vaticano para pagarem as próprias passagens. Ou seja, haveria a bordo homens religiosos, mas não santos.

Memphis estava angustiado: como poderia criar uma nova humanidade a partir daquela multidão de pilantras e depravados? Apelou mais uma vez a Alluri.

— Talvez tenhamos entendido mal as profecias, senhor Memphis — disse Alluri com um sorriso doce. — Talvez os eleitos não sejam os que nunca pecaram, mas sim os que não voltarão a pecar. Porque a visão do Apocalipse os transformará. A consciência de carregar o fardo da memória do planeta Terra os fará humildes. São pervertidos e rebeldes, mas ao fim amansarão e acatarão a obediência, de tal maneira que terão horror à ganância e ao pecado.

— Sim, senhor Alluri, mas não poderíamos ter como base uma escória menos degenerada? Olho e o que vejo são os piores exemplos de seres paridos pela raça humana.

— Como é mesmo que São Paulo nos diz? "Vede quem sois, irmãos, vós que recebestes o chamado de Deus, não há entre vós muitos sábios..." E também: "O que é loucura de Deus é mais sábio do que os homens, e o que é fraqueza de Deus é mais forte do que os homens".

Depois de dizer isso, Alluri abaixou a cabeça. Memphis teve a impressão de notar gotas de suor na testa daquele homem que se tornava santo. Alluri então passou a mão pelos cabelos e levantou o rosto.

— Esses pecadores que te angustiam... — continuou — se eles chegaram aonde chegaram, foi por vontade divina, não é? Lembre-se de que quando os discípulos perguntaram a Jesus quem poderia se salvar Ele respondeu: "As coisas impossíveis aos homens são possíveis a Deus". Quem somos nós para duvidar?

Memphis ficou atordoado. Eram as mesmas palavras que ouvira do senhor Eimeric, há tanto tempo.

Naquela noite, ele se penitenciou com o flagelo. Ao mesmo tempo que ria desesperado de dor, chorava de felicidade.

Coríntios 1:27-29

Mas Deus escolheu o que é o louco deste mundo para confundir os sábios. Escolheu os fracos, para confundir o que é forte. E escolheu o que havia de mais vil e desprezado, para aniquilar o que é. Para que nenhuma carne se vanglorie diante Dele.

Socialismo?

Foi Alluri quem sugeriu a Memphis instalar os futuros cidadãos marcianos em condomínios fortificados. Para protegê-los no caso de haver uma revolta da população que seria abandonada na Terra e para prepará-los para o que seria a vida em Marte. Mas o principal objetivo desse isolamento era aumentar o controle do fluxo de informações.

Alluri também fez Memphis decidir aliviar a vida dos bilhões que sobrariam na Terra: assim pelo menos os últimos momentos não seriam tão sofridos para a população. Memphis fez sua parte para conter o aquecimento global, até porque era de interesse do Empreendimento adiar tanto quanto possível a catástrofe global, mesmo que por poucas semanas. Por orientação de Alluri, Memphis ordenou que os governos ocidentais liberassem a maconha e restringissem radicalmente a publicidade em geral, para suspender a indução massiva ao consumismo. As vendas de cigarros, destilados, cocaína, refrigerantes, Budweiser e ansiolíticos despencaram. Também despencaram as vendas de automóveis, iates e jatos particulares, o que de maneira alguma foi um problema para Memphis e seus sócios: precisavam de todo o metal disponível para o Empreendimento. Tanto que passaram a derreter mísseis, tanques e outros equipamentos militares.

Então, em um dos encontros virtuais, Alluri sugeriu que Memphis e as empresas sócias do Empreendimento deveriam se abster de interferir na vida política dos povos da periferia do capitalismo. Deixar de patrocinar guerras civis, políticas neoliberais e fascistas, para conter na raiz as crises sociais e enxurradas migratórias.

— Senhor Alluri, por acaso está tendo uma recaída socialista?

— Foco, senhor Memphis! Foco no principal: é de seu interesse que o mundo esteja tão tranquilo quanto possível, pelo menos enquanto você faz o que precisa ser feito.

Memphis não se convenceu. Mandou Tysons retomar a vigilância da Colônia Cecilia. Nessa época a aliança entre Memphis e Alluri ficou bem abalada. O magnata se penitenciava todas as noites com seu flagelo.

Então houve a greve na siderúrgica de Volta Redonda, no Rio de Janeiro.

Antes mesmo que a notícia chegasse pelos canais corporativos, Memphis recebeu a mensagem de Alluri: "Greve em Volta Redonda. As teresas estão indo para lá. Por favor, peça a seus homens que esperem". Da greve ele foi informado minutos depois, quando o Exército brasileiro, seguindo as ordens de Washington, já se preparava para invadir a siderúrgica e matar um tanto dos grevistas. Mas quem eram as tais "teresas"?

— Ah, sim! Desculpe-me. Nós costumamos chamá-las de teresas, em homenagem à Madre Teresa de Calcutá, padroeira dos trabalhadores submissos.

A explicação de Alluri deixou Memphis perplexo, até porque não havia registro de "teresas" nos relatórios da vigilância de Tysons.

— Teresas? O senhor nunca me falou delas.

— Senhor Memphis... Elas têm ido para empresas envolvidas no Empreendimento para tentar pacificar as coisas. Alguns conflitos deixaram de acontecer graças a elas, mas o caso de Volta Redonda está mais complicado. Os operários aceitam retomar o trabalho e produzir conforme o planejado...

— Ótimo!

— Mas eles têm uma exigência: querem que o conselho de trabalhadores passe a gerir a siderúrgica, querem que os diretores e gestores saiam.

— Vocês estão loucos!

— Senhor Memphis, estou apenas dizendo qual é a exigência deles.

— Isso é comunismo!

— O senhor prefere ter o aço para suas naves ou ficar na Terra para defender o capitalismo?

Memphis sentiu uma espécie de melancolia. Não era uma situação que podia resolver mandando matar alguém.

Volta Redonda não era o maior problema naquele momento, não era nem sequer o maior dos problemas trabalhistas. Havia ameaça de greve nas siderúrgicas do Japão e da Coreia do Sul. Em outros tempos, Memphis não teria dúvida de liberar os militares para quebrar a cabeça de algumas centenas de grevistas, mas agora, com o prazo tão apertado, não sabia o que fazer. Uma guerra contra os trabalhadores, mesmo que vitoriosa, com certeza atrapalharia a produção. Para resolver pelo menos o caso de Volta Redonda, resolveu ir contra seus instintos, seguir o conselho de Alluri e aceitar a proposta dos sindicalistas. E, para sua grande surpresa, nos meses seguintes a produção daquela siderúrgica foi até maior do que a prevista. Livre do desperdício e da desorganização capitalista, a siderúrgica foi aumentando a produtividade, ao mesmo tempo que a carga horária diminuía, as condições de trabalho melhoravam e os controles de danos ambientais ficavam mais consistentes. Quando os operários do Japão e da Coreia exigiram que também lá as siderúrgicas fossem dirigidas pelos trabalhadores, Memphis não só aceitou, como também pediu a Alluri que as teresas fossem lá acompanhar o caso.

Assim, superada a primeira crise, Memphis voltou a diminuir a vigilância sobre Alluri e seu grupo, até porque precisava concentrar a equipe de Tysons na vigilância dos próprios sócios no Empreendimento.

O controle de entrada na Hoover ficou ainda mais rígido, sobretudo após dois espiões, provavelmente enviados pelo banqueiro John Blunt, terem sido encontrados numa área restrita da estação. O serviço de segurança resolveu então fazer uma experiência científica: jogou os espiões para fora da Hoover sem os trajes espaciais.

Memphis gostou de ver a gravação dos dois homens explodindo. Mas algo perturbava sua alma: a certeza de haver outros espiões. Qual tipo de nova humanidade ele poderia construir com homens malignos como Blunt? Que a visão do Apocalipse salvasse os outros, com a orientação de Alluri, mas o caso de Blunt Memphis resolveria por conta própria.

A Nova Jerusalém

Em pouco mais de um ano, várias naves já tinham sido enviadas para Marte com equipamentos, robôs, sementes e muitas armas: das pistolas às bombas nucleares. Uma fábrica de robôs, inclusive *babies schurk*, estava sendo construída em Marte, onde a atividade mineradora já tomava grandes proporções.

Na estação Hoover, as três naves gigantescas estavam em fase de finalização. Ao todo, as três tinham capacidade de levar cerca de vinte e duas mil pessoas. Somando as que seriam enviadas pela China, pela Rússia e por um grupo da Europa Ocidental, Marte receberia quase noventa mil novos habitantes.

Para cortar custos, as naves foram planejadas apenas para a viagem de ida. Assim também não precisavam levar tanto combustível e as próprias naves seriam transformadas em bases ao aterrissarem em Marte.

O plano era dar um intervalo de quinze dias entre o lançamento de cada nave. Para conforto dos passageiros, eles viajariam em câmaras de hibernação e seriam despertados só quando a nave atingisse a órbita marciana. A tripulação seria despertada pouco antes dos passageiros ou apenas em caso de emergência. Como as naves seriam controladas remotamente da Terra e da Estação Hoover, a tripulação seria pequena: apenas uma equipe de segurança, manutenção e comunicação em cada nave.

A transformação da Hoover em nave já fora iniciada, porém, tendo em conta a órbita de Marte, essa quarta nave só poderia ser lançada depois de dois anos. Memphis e seus sócios não acreditavam que ela iria de fato estar pronta antes da catástrofe, por isso o preço das passagens dessa última nave era bem mais baixo e vários bilionários reservaram lugares ali para esposas, filhos, mães, pais e resto da família.

Compadecente

Quando houve a certeza de que as primeiras três naves estariam prontas a tempo, Alluri pediu que Memphis incluísse algumas dezenas de pessoas, entre as quais Lucy Parsons e a família dela. Essas pessoas só receberiam o convite às vésperas da partida das naves.

No entanto, Alluri estava decidido a não ir.

No início, Memphis nem insistiu, tão seguro estava que aquilo seria resolvido no momento oportuno. Mas depois de alguns meses começou a ficar preocupado. Precisava de Alluri. Ele era essencial para encaminhar aquela escória rumo ao enobrecimento, era alguém que já havia feito essa travessia, saberia orientar os outros. Memphis tinha consciência de que ele próprio não saberia falar com aquela multidão. Não tinha paciência alguma com seres humanos, precisava de um Aarão que o traduzisse para aqueles adoradores do bezerro de ouro. Precisava de um Moisés que levasse as tábuas da lei ao povo pecador. Além de tudo, Memphis sentia certo orgulho pelo fato de Alluri ser um santo que ele havia criado. Com Alluri, Memphis cumpriria a missão que o senhor Eimeric lhe dera, a de criar a Cidade de Deus.

Mas aquele santo teimava que não poderia deixar o planeta sabendo dos bilhões que morreriam.

— Bilhões de miseráveis rebeldes, seres mal-acabados, criados por escárnio, filhos da luxúria e irresponsabilidade! — Memphis por fim explodiu em fúria.

— São seres humanos...

— Mortos! Seres que já estão mortos!

— Assim como eu...

— Então ressuscite! Você morreu como anarquista e renasceu como homem de fé! Ressuscite agora como guia para essas milhares de pessoas que vão sobreviver! Pessoas vivas!

Alluri encarou Memphis com aquele seu olhar doce e triste:

— O mistério da vida não está só em viver, mas também no motivo pelo que viver.

Nesse momento, o helicóptero de Memphis estava pousando em Beijing, uma área de comunicação controlada, talvez por isso a ligação tenha caído. Ele ficou sem entender o que Alluri queria dizer com aquela última frase.

O silêncio de ouro

Outro grande sucesso do Empreendimento foi ser implantado quase que em segredo. Na Terra, os trabalhadores que construíram as partes das naves não foram informados a respeito do que estavam construindo. A equipe da Fundação Eimeric que planejou a operação e dirigiu as naves à distância não foi informada do trabalho da outra equipe da Fundação, que contava os dias que faltavam para o cataclismo global. O isolamento dos passageiros nos condomínios próximos das bases facilitou o controle das informações.

Na Hoover, os passageiros e os trabalhadores foram obrigados a assinar o contrato de confidencialidade mais rígido da história das artes jurídicas. Ninguém estava autorizado a falar com quem quer que fosse a respeito da viagem, porque o contrato previa perda da passagem sem direito a reembolso. E a confidencialidade ia muito além dos aspectos jurídicos: de uma ou outra maneira, todos os passageiros foram informados que, caso alguém não autorizado falasse alguma coisa, ficaria detido em algum calabouço até a última nave partir. Mais que isso: tanto entre funcionários como entre passageiros circulavam boatos de tagarelas que haviam sofrido acidentes fatais...

A abertura das informações para o grande público foi parcial e bem gradual. Nunca chegou a ser completa. Os grandes meios de comunicação cumpriram as ordens para ignorar os boatos apocalípticos sobre um cataclismo planetário. Afinal não passavam de boatos identificados pelo

Departamento de Estado como parte de uma campanha terrorista de *fake news*. Ao mesmo tempo, a imprensa passou a descrever as pessoas que iriam para Marte como heroicos pioneiros altruístas que renunciavam ao conforto e à segurança da vida na Terra para enfrentar as agruras da vida em um planeta desconhecido. Tudo por amor à ciência e pelo futuro da humanidade.

Em reconhecimento aos serviços prestados, Memphis presenteou milhares de jornalistas e executivos da imprensa com a chance de eles também escaparem da Terra: ganharam apartamentos nos condomínios construídos pelo magnata e o direito de concorrer a sorteios de passagens para a terceira nave e para a quarta, que estava em construção. Mais que isso: Memphis e seus sócios decidiram diminuir o espaço reservado aos animais de estimação nas duas primeiras naves para ceder lugar a um conjunto de câmaras para transportar os jornalistas que se destacassem pela fidelidade.

"Quando for a hora certa, Eu, Iahweh, farei acontecer"

Quando chegou a hora de embarcar na primeira nave, Memphis voltou à Colônia Cecilia num fim de tarde. Ignorou Rose Pesotta, que o esperava de sári alaranjado e foi direto à capela no alto do morro. Estava exasperado, mas vacilou ao ver aquele homem na ponta da plataforma, tão bonito, tão solitário. Alluri desviou o olhar da paisagem e sorriu para Memphis. Aquele sorriso melancólico.

— Você quer morrer? É isso? — Memphis explodiu em irritação. — Então por que não pula nesse precipício?

— Meu corpo não é meu, é parte de um todo, não cabe a mim decidir a hora que ele deve ser abandonado pela alma.

— Decidir? Esse é o seu problema, decidir qualquer coisa. Um idiota que desperdiça seu tempo nesse infinito hesitar é uma besta!

Então Memphis caiu de joelhos, desesperado. Alluri aproximou-se e afagou a cabeça daquele homem ajoelhado. Memphis tentou segurar as lágrimas ao dizer:

— Por que despreza minha oferta? Essas naves são um milagre! Um homem que repele um milagre, também repele a Deus! Vamos primeiro sair daqui. Já! Aqui só tem mártires. Isso não é vida, deixa este inferno!

Ajoelhado, olhou suplicante para Alluri. Este respondeu com seu sorriso triste:

— Não.

Memphis caiu em prantos, esparramado no chão. Então se levantou num pulo, lançou um olhar furioso para Alluri, virou as costas e começou a descer o morro quase correndo.

Ao chegar à colônia, em vez de ir para o helicóptero, dirigiu-se ao pátio diante da casa principal, onde havia um pequeno sino. Memphis tocou feito um desvairado, todo coberto de pó e suor, e descabelado. As pessoas pararam o que faziam e foram se aproximando. Memphis percebeu que algumas se esconderam, teve a impressão de ver crianças, que talvez tivessem chegado depois que ele suspendeu a vigilância por satélites.

Então Memphis começou a berrar:

— Vocês acham que estão a salvo? Que as águas não vão chegar aqui? Que essas montanhas não vão se desmanchar? Que por não ter vulcão aqui nestas terras então nunca vai ter? Se pensam isso... estão muito enganados! Tudo aqui será pulverizado, queimado e inundado, inclusive vocês! Suas crianças também! Mas eu, eu posso salvar vocês! Eu sou o único que realmente tem a salvação, e não o senhor Alluri! Eu! Eu tenho dinheiro, posso tirar vocês do inferno!

Ele olhou em volta. Havia umas vinte e cinco pessoas ali, a maior parte com traje indiano, mas também tinha uns punks e um hippie com camisa havaiana. Memphis percebeu que, às suas costas, Alluri também se aproximava com a calma de sempre. Ficou satisfeito, queria que Alluri ouvisse o que ele ia dizer.

— Eu tenho três naves, naves grandes, que vão salvar mais de vinte mil pessoas. A primeira vai ser lançada daqui a cinco dias, a outra parte em vinte dias e a última em um mês. Não sei se o senhor Alluri contou... eu convidei ele, e a todos vocês, para partirem em uma das naves. O senhor Alluri vacila... Então pergunto a vocês: querem ir com ele para uma dessas naves? Querem se salvar e salvar seus filhos?

A pequena multidão ficou em silêncio.

— Pensem nisso, vocês têm dois dias — Memphis insistiu. — Depois, vou para uma câmara de hibernação e não poderei fazer mais nada por vocês.

Memphis ia já virando as costas quando uma moça com um sári amarelo se separou do grupo e veio até ele.

— Senhor, nós seguiremos o mestre Alluri. Se ele decidir ficar, ficaremos com ele. Se ele decidir partir, partiremos com ele. Se decidir partir sozinho, aceitaremos ficar aqui, com alegria no coração, só não aceitaremos partir sem ele. Ainda assim, obrigada, senhor, pelo convite.

Juntou as mãos, abaixou a cabeça em um cumprimento e recuou para junto do grupo.

— Ei cara! Eu aceito ir sem o Alluri! — o rapaz de camisa havaiana, que tinha um copo de cachaça na mão, falou em francês.

— Zisly, cala a boca! — resmungou uma garota punk que estava ao lado dele.

Mas Memphis não ouviu os dois. E, mesmo que tivesse ouvido, não ia entender, não sabia francês. Já estava caminhando até Alluri.

— Olhe bem para eles — chegou bem perto e sussurrou no ouvido de Alluri —, para o rosto de cada um deles. Você vai deixar todos esses seus amigos morrerem porque não pode salvar o resto da humanidade?

Então se afastou, com um sorriso, e foi para o helicóptero.

A cidade celestial

Memphis subiu para a Estação Hoover no dia seguinte. Já estivera lá antes, mas se surpreendeu: agora, com as três naves acopladas, a Hoover estava monstruosamente grande. Como se centenas de refinarias de petróleo tivessem sido tomadas pela mão divina para formar uma imensa bolota de metal. Ao redor, voando como moscas, dezenas de drones de manutenção.

Quase todos os passageiros já estavam nas câmaras de hibernação. Mesmo assim, a estação fervilhava lá dentro, com pessoas correndo de um lado para o outro, ajustando os detalhes do primeiro lançamento. Aquela multidão e mais o clima de improviso alarmaram Memphis. Ele havia considerado a possibilidade ir na segunda nave, quando eventuais problemas da primeira viagem tivessem sido sanados, porém precisava ser um dos primeiros a chegar a Marte para que pudesse controlar o início do assentamento.

Enquanto seguia para o local onde estava a câmara criogênica do velho John Everett Cotten, Memphis ia sendo atualizado pelo capitão Timothy A. Wallader sobre a situação geral. Apesar das aparências, tudo parecia conforme o planejado. Os generais Fiske e Scott o esperavam no caminho:

— Senhor Memphis, como foi a viagem?

— Ótima! E o capitão Wallader estava me dizendo que está tudo bem aqui também, certo?

— Sim, claro, mas podemos conversar um minuto?

— Estou indo ver meu pai, senhor Fiske. Ele é minha prioridade agora.

— Sim, sim. A pátria e a família acima de tudo, mas podemos conversar no caminho. O capitão Wallader já terminou, não é?

Wallader olhou para Memphis, que assentiu.

— Tudo bem, senhor Wallader. Conversamos melhor depois, mas avise as pessoas do depósito que estou indo para lá.

E Memphis continuou a andar em direção ao local onde pegaria o trem para o depósito. Fiske e Scott foram ao lado dele.

— Precisamos resolver a questão dos chineses, senhor Memphis.

— Não precisamos, senhor Fiske. Eu não preciso. Os senhores querem, mas não precisam.

— Precisamos, porque agora surgiu a melhor oportunidade, nunca tivemos uma oportunidade como essa. E nunca mais vamos ter.

— Senhor Fiske, eu não vou iniciar a Terceira Guerra Mundial no momento em que estamos prestes a escapar deste inferno!

— Senhor Memphis, não se trata de guerra, é apenas um míssil. E depois não existirão mais chineses no sistema solar!

— Eu já fiz uma proposta, senhor Fiske. Os senhores ficam na Hoover e, depois que a terceira nave partir, podem fazer o que quiserem: jogar mísseis nos chineses, russos, europeus ou em vocês mesmos! Agora, não!

O general Winfield Scott, que até então se mantivera em silêncio, não conseguiu resistir mais:

— O presidente dos Estados Unidos da América já autorizou que seja agora!

Memphis parou e encarou o general:

— Senhor Scott, o presidente dos Estados Unidos da América não mandava nos Estados Unidos da América! Eu mandava mais que ele! Aqui o presidente não autoriza nada, nem vocês! Toda essa gente aqui nestas naves... trabalha para mim, são meus funcionários! E vocês também!

Virou as costas, ia reiniciar sua caminhada, mas parou mais uma vez e voltou-se para o general Winfield Scott.

— Senhor Scott, fico surpreso de o senhor ter conseguido se tornar general. Parece ter problemas para entender hierarquia... Não tem aulas a esse respeito em West Point?

Fiske abaixou a cabeça constrangido. Winfield Scott ficou lívido, de olhos arregalados e então:

— Senhor Memphis... Desculpe-me, senhor Memphis.

O magnata então continuou sua caminhada sozinho.

Antes de entrar no depósito, Memphis verificou mais uma vez se Alluri enviara alguma mensagem. Nada.

O soldadinho encarregado de guiá-lo até a câmara criogênica foi indicando o caminho e Memphis foi atrás pensando que era uma pena que tal soldadinho ficasse para trás enquanto parasitas como Winfield Scott, Fiske, Dewey e o presidente dos Estados Unidos se safavam.

A câmara estava em lugar adequado, escuro, iluminado por lâmpadas que simulavam velas. Memphis fez seu minuto de silêncio. Depois saiu da sala, olhou para o celular e viu uma mensagem de Alluri: "Sim, vamos". Memphis mandou uma resposta: "Quantos?". Logo na sequência, veio: "Eu e mais cinco".

Então contatou o capitão:

— Senhor Wallader? Podemos agora retomar nossa conversa... Sim, pode ser no passadiço... Não precisa, eu encontro. Mas tem algo que eu quero que o senhor vá encaminhando: precisamos de seis vagas na segunda nave... Sim, eu sei, mas transfira seis para a terceira nave... Escolha os mais desagradáveis... Aquele careca de terno verde-amarelo, por exemplo.

Memphis pensou que seria um bom momento de reler *O Fracasso do Pessimismo*. Dessa vez para rir.

O Novo Mundo

No dia seguinte, Memphis entrou na câmara de hibernação. Várias mãos o ajudaram a se acomodar.

— O senhor está bem? Está confortável? — perguntou uma das enfermeiras, sorridente.

Ele resmungou um "sim". O desconforto era grande, mas não era físico, era o de estar na mão daquelas pessoas. Reconfortou-se lembrando que nenhuma delas iria para Marte, não estariam lá para lembrar aquele momento em que ele se envergonhou. Concentrou-se nas palavras do Apocalipse: "Vi então um céu novo e uma nova terra — Pois o primeiro céu e a primeira terra se foram, e o mar já não existe. Vi também descer do Céu, de junto de Deus, a Cidade santa, uma Jerusalém nova, pronta como uma esposa que se enfeitou para o marido".

Fechou os olhos e quando os abriu várias pessoas estavam em torno dele. No rosto de todas elas, um misto de alívio e apreensão. O único que reconheceu foi Wallader, que estava coberto de suor:

— Senhor Memphis! O senhor está bem?

Memphis olhou ao redor, estava em um quarto grande de hospital, mas era o único paciente ali. Havia equipamentos por toda parte, mas nenhum conectado com ele. Olhou o próprio corpo.

— Você é quem me diz, senhor Wallader... está tudo bem comigo?

— Parece que sim! Sim, claro! Está tudo bem. É que com a dificuldade em abrir sua câmara de hibernação e depois a demora para o senhor voltar...

Wallader sabia que havia ordens para matar todos os responsáveis caso o corpo de Memphis tivesse algum problema durante a viagem. O capitão também sabia que ele próprio estaria entre os considerados responsáveis, como notara pelo olhar sinistro dos capangas de Memphis. Estava aliviado agora.

— Tivemos problemas com várias câmaras. A do senhor Clusius... bem...

— Carl Clusius?

— É... a câmara dele foi uma das que abriram durante a viagem... ele ficou muito nervoso... a equipe de segurança teve dificuldade em contê-lo e um robô... enfim... o senhor Clusius faleceu...

— Que coisa! Mais algum problema durante a viagem?

— Infelizmente, sim. Tivemos vários casos como o do senhor Clusius, de câmaras abrirem durante a viagem, principalmente na classe econômica. Nenhuma das vítimas reagiu como ele, mas, ainda assim, meio que enlouqueceram... Mas o pior foram os casos de pessoas que morreram dentro da câmara, como seu amigo, o general Winfield Scott... Ainda estamos tentando entender o que aconteceu...

— Não é isso que estou perguntando, não quero saber das câmaras! Dane-se o Clusius! Quero saber de questão séria, quero saber da nave. Algum problema, alguma avaria? Algum desvio no planejamento?

Wallader abriu um sorriso.

— Não, senhor, tudo correu perfeitamente. E desde que chegamos à orbita marciana, há oito dias...

— Como assim? Oito dias?

Wallader voltou a tremer de medo.

— Sim, senhor... Desculpe-me... esse é um problema... tivemos dificuldades para abrir a câmara do senhor... felizmente, agora tudo deu certo...

— Deu certo?

Memphis tentou sair da cama em um pulo, mas quase foi ao chão. Wallader o ajudou a se sentar.

— Senhor, é melhor o senhor descansar mais um pouco...

— Eu já descansei por cinco meses, tenho muito o que fazer! Ah, chame o senhor Scott...

— Desculpe-me, senhor, como eu disse, o general Winfield Scott morreu...

— Não estou falando desse imbecil! Estou falando do engenheiro, Howard Scott. Ele e o Lawrence, o Ernest Lawrence. Chame os dois.

— Sim, senhor!

Wallader saiu da sala. Como que para distrair Memphis, uma *baby schurk* vestida de enfermeira se aproximou com um copo de água:

— Senhorrr Memphisss...

A robô foi interrompida pelo Wallader, que voltou esbaforido.

— Os engenheiros Scott e Lawrence estão na ala do senhor John Blunt... O general Fiske também está com eles, quer que eu...

Memphis pareceu prestes a entrar em combustão. Ele sabia o que estava acontecendo: Scott e Lawrence eram os chefes da operação que transformaria as naves em bases marcianas. Blunt acordou antes e queria se aproveitar disso para tomar o lugar de Memphis, tornar-se o senhor de Marte.

— Maldito! Maldito Blunt! Como ele está vivo? Por que vocês não me avisaram?

— Senhor, o senhor acabou de acordar...

— Malditas câmaras! Malditas! Não era nem para o Blunt ter chegado aqui! Tem como baixar o oxigênio da ala dele, certo?

— Hã... Chequei isso... Aparentemente, a equipe do senhor Blunt descobriu que havia essa possibilidade e conseguiu anular. Nós não sabemos como...

— Vocês...

Memphis sempre se orgulhou de raramente perder a calma, e só ele sabia o quanto isso era difícil. Respirou, virou a cabeça de um lado para o outro, pensou em Nossa Senhora, em Jesus...

— Chame o Harry Strauss, Chester Campbell, Maione, Kuklinski, Meldish, Reles, Solonik... — falou com seu sorriso de santo. — Toda a tropa de choque. Estão vivos, não estão?

— Todos chegaram vivos, mas Strauss foi morto na semana passada, pelo Abe Reles. O Meldish teve uma briga com Buchalter e o Maione... e está em coma.

— Ótimo. Reúne todos eles, os que estão inteiros. Quero que resolvam o problema do Blunt.

Wallader sentiu que estava presenciando um momento histórico: a primeira guerra marciana. Memphis ou Blunt: um dos dois não desembarcaria em Marte. O capitão só conseguia manter certa calma por saber que estava do lado de Memphis. Com Memphis, nem o diabo pode...

Já estava alguns passos fora do quarto quando ouviu o berro do patrão:

— Wallader! A segunda nave... onde está?

Wallader voltou.

— Já está se aproximando, senhor.

— As câmaras de hibernação dela...

— Ah, sim... A tripulação já está sendo despertada... Pelo jeito não teremos os problemas que tivemos aqui.

— Quero falar com o Alluri assim que ele acordar.

— Bem... senhor... ele não embarcou... nem ele, nem os outros passageiros que iam vir junto. Aliás, a senhora Lucy Parsons e os outros convidados do senhor Alluri também não apareceram.

— Não?

— Não senhor, e também não embarcaram na terceira nave.

— Onde então o Alluri está?

— Ele até tentou entrar em contato, mas o senhor ainda estava na câmara... ficou a mensagem gravada para o senhor... desculpe-me... eu vi um trecho, mas não sei se entendi bem...

— Ele não embarcou?

Memphis estava perplexo.

— Quero falar com Alluri agora. Cadê meu celular? — parecia ter esquecido completamente a guerra com Blunt.

— Senhor, é um pouco complicado... A Terra cortou a comunicação com as naves...

— Ele ainda está na Terra? — Memphis então rugiu: — Não quero saber como vocês vão fazer, quero falar com Alluri já!

— Mas o Blunt...

— Resolva as duas coisas! Você não é capitão? E cadê a mensagem que o Alluri deixou?

— Vou pôr aqui na tela.

Wallader diminuiu a luz do quarto e pegou o controle remoto, mas foi interrompido por Memphis:

— Deixe que eu faço isso, sai daqui! Vai cuidar do problema do Blunt e manda alguém me trazer o celular.

Wallader saiu correndo.

Memphis ficou alguns segundos no escuro, em silêncio. Ia clicar no botão quando a porta abriu. Era Wallader:

— Desculpe-me, senhor. É para a equipe resolver também o problema do Scott e do Lawrence?

— Não, estúpido! Esses dois devem ficar vivos! Sem eles, vamos morrer aqui boiando no espaço!

— Ah, sim, sim senhor.

Novamente sozinho, Memphis ligou o vídeo.

O cenário não era a capela, onde Alluri sempre estava nas videoconferências. Dessa vez, era uma sala com vários monitores ligados. Memphis ouviu a voz de Alluri:

— Posso começar?

Uma mulher respondeu:

— Pode.

— E como vai funcionar?

A mulher tinha sotaque latino:

— Sei lá, eu também não sei. A Carla é que sabe como mexer nisso...

— Mas por que uma mensagem para Marte é diferente de uma mensagem para a Terra?

— João, a Carla falou pra você o mesmo que falou pra mim. Eu entendi tanto quanto você. Grava logo. Deve durar pouco, a ligação está instável, então fala rápido. Até porque eu e você temos mais o que fazer. Só estou te ajudando nisso porque você insistiu. Vai, já está ligado.

Para surpresa de Memphis, o sábio indiano que surgiu na tela não estava de bata ou sarongue, mas com uma camiseta velha estampada com as palavras Metá Metá. E tinha um copo de cerveja na mão.

— Então vamos lá... senhor Memphis, espero que tenha tido uma boa viagem...

A voz da mulher:

— Ah, João, não fode. Fala de uma vez ou vou desligar esta porra. Temos um monte de coisas mais importantes pra fazer.

Alluri mais uma vez encara a câmera:

— Senhor Memphis, é preciso garantir a segurança das mulheres e crianças aí em Marte. Não sei o quanto acompanhou os dados demográficos, mas a porcentagem de mulheres nas três naves é extremamente baixa: menos de 10%. Isso é inviável para a estruturação da colônia...

— João! — a mulher interrompe. — Que interessa pra gente o que vai acontecer em Marte?

— Lin, interessa, é claro que interessa! Se a colônia der certo...

Alluri é interrompido pela gargalhada da mulher:

— E tem como dar certo? É a pior escória produzida pela humanidade! Os melhorzinhos ali são os chefões do tráfico de drogas.

— Mas são humanos! Até o Memphis é um ser humano!

— Pera aí... você tá com pena do capeta? Eu ouvi bem? Só para te lembrar: esse teu amigo aí é responsável por guerras, por milhões de famílias estarem na miséria, milhões de crianças morrerem de fome... Esse cara é pior que o Schurk! Já esqueceu que ele quase destruiu sua vida? Que quase matou seus amigos? E que é bem possível que esteja por trás da morte do seu pai?

— Lá vem você de novo com essa história! Meu pai não foi assassinado. Foi um acidente, ele caiu de uma escada, só isso!

— Tá bom, tá bom, você acredita nisso e eu acredito que seu pai foi assassinado por capangas desse capeta aí.

— Posso continuar?

— Pode, vai aí. Mas lembre-se que não precisa mais fazer pose de santo, tá?

— E lembre-se você que também tem um pouco de gente inocente lá em Marte, trabalhadores... e tem as crianças!

— Crianças? Eu chamo de larvas de burguês!

— Não fala merda! Eu sou descendente de burguês, e então esse bebê que você está carregando na barriga é descendente de burguês!

— E você é bem folgado mesmo! Mas este aqui na minha barriga é também neto de um pedreiro e da dona Damiana, vai sair bem melhor que você! Enfim... diz aí pro teu amigo por que não embarcou e vamos desligar isto.

Alluri olhou fixo para a câmera:

— Então... bem... senhor Memphis, em nossas conversas anteriores não fui honesto a respeito das minhas pesquisas, eu... exagerei um pouco o meu pessimismo...

A mulher começou a gargalhar.

— João Alluri! Você mente até quando confessa que mentiu! Fala a verdade pra ele... Quer saber? Deixa que eu falo.

A mulher se sentou ao lado do Alluri. Bem morena, cabelão crespo...

— Ô Memphis, é o seguinte: meu companheiro João Alluri mentiu pra caralho pra você. Te fez de otário.

Alluri riu, um pouco constrangido.

— Lindalva, para com isso.

Mas ela não parou:

— Desde o início a gente sabia que você estava espionando, que tinha grampeado os telefones e computadores dele e dos nossos amigos. Eu vocês não pegaram, porque sou safa. Não sou exibida, não como esses pavões anarquistas. Eu estava com o João lá naquele apartamento em Paris e vocês nem se ligaram. Fui eu que descobri este lugar, a Colônia Cecilia, tudo já estava decidido muito antes da Johanna fazer a primeira ligação para Bangalore. Nós tínhamos outros canais de comunicação seguros. Eu e minhas amigas somos da ação direta e discreta. A gente já sabia de você, já tinha a tua ficha. O plano, meu e das minhas camaradas, o plano era te explodir...

— É, vocês têm essa mania... explodir... matar... Diz aí: meu plano não funcionou muito melhor? — Alluri disse isso enquanto parecia enrolar um cigarro de palha, ou algo assim.

— Primeiro que você, querido, não tinha um plano. Tinha uma ideia que eu, a Rehder e o resto das aranhas fizemos virar um plano. E funcionou. Mas demorou muito e, pro meu gosto, foi chato demais. Só não foi mais chato porque o Memphis nos deu aquele monte de dinheiro para nos divertirmos enquanto ele caía em nosso golpe. Seis milhões de euros! — gargalhou. — Mas ainda acho que teria sido muito mais divertido explodir esse coisa ruim!

— Se você tivesse feito isso, o mundo não estaria agora livre de tantos como ele!

Memphis teve a impressão de que já tinha visto Lindalva antes.

Ela não estava na lista das pessoas relacionadas com Alluri, mas ele já tinha visto essa Lin em algum lugar...

— Tá, João, tá bom, eu concordei, certo? Fiz o que planejamos, certo? Mesmo achando chato. Enfim, Memphis... A gente sabia da tua maluquice por Marte. E então o João aqui veio com a ideia da operação Flautista de Hamelin, para atrair todos os ratos...

— É, na época eu estava lendo um livro de um economista, o Robert Shiller, sobre o comportamento de manada no mercado financeiro...

— João, pra falar a verdade, na época achei a ideia uma merda. Pronto, finalmente falei. Só dei corda naquela noite porque você tava tão triste... Queria te animar.

Alluri e Lin sorriram um para o outro, amorosamente.

— O meu João acionou as amizades dele, as pessoas bacanas da geofísica... — ela continuou. — A elite da comunidade científica. Ah, João, fala... elas só toparam por causa do seu charme e porque não precisavam se expor, não é?

— É claro que acharam que a história que íamos contar era ridícula demais para ser levada a sério. Se as gravações fossem tornadas públicas, negariam tudo. Então, por isso, foram em frente. Foi uma conspiração de cientistas e da classe trabalhadora.

— Cara, eu quase chorei com umas falas da Lucy Parsons. Ela devia ser atriz, não geofísica.

— E o Bragg, dentro da Fundação Eimeric, confirmando todos os nossos números?

— É uma merda que a gente não possa falar diretamente com você, Memphis. Queria ver tua cara agora. A gente estruturou tudo naqueles três meses antes do meu João reaparecer para você na Índia.

— Eu imaginava que seria só você e alguns de seus amigos mais alucinados. Como o Carl Clusius. Mas agora... olha o caso do país onde estamos, o Brasil. Da noite para o dia, ele se livrou de todos os seus bilionários e multimilionários e também dos seus generais, brigadeiros e almirantes. Livrou-se ainda de quase toda a elite do Judiciário, da grande imprensa e do crime organizado. Quem tinha poder fugiu. As multinacionais ficaram sem direção, os latifúndios foram abandonados para os camponeses sem terra, as fábricas foram ocupadas pelos operários, as ilhas particulares estão sendo regeneradas pela natureza. É isso que está acontecendo no mundo inteiro agora...

— É, e se o João não enrolar muito aqui, teremos tempo de participar do samba comemorativo da refundação da Associação Internacional dos Trabalhadores.

— O nível de poluição já diminuiu bastante, o aquecimento global está sendo revertido, as fronteiras estão sendo abolidas... E saúde, educação, transporte: tudo agora é gratuito. Os gênios da matemática que vocês haviam deslocado para trabalhar na especulação das bolsas de valores e depois para projetar essas naves agora estão trabalhando em pesquisas úteis para a humanidade.

— Mas ainda tem os riquinhos, miliquinhos, chefinhos que sobraram...

— Lin, já discutimos isso, não precisa matar todo mundo...

— E minha diversão? Como fica? — gargalhou. — E tem o povo que está nos condomínios que você criou, as Memphistópolis, esperando a vaga na tal quarta nave. Nós cortamos toda a comunicação deles com o mundo. Não sabem de nada do que está acontecendo. Fazemos uns shows de fogos de artifício por perto e isso basta para acharem que o mundo está acabando.

Só então Lin notou.

— Vixi. Acho que parou de gravar faz tempo, ficamos aqui falando de bobeira.

Lin mexeu no computador.

— Onde parou? — Alluri perguntou.

— Sei lá, João, não entendo nada disso também. Deixa pra lá essa mensagem. Vem, me dá um beijo.

Ela virou o rosto e a imagem ficou congelada, porque aí sim terminou a gravação. Então Memphis se deu conta de onde a vira antes: a robô no elevador do abrigo antinuclear de Tony Schurk... Não era uma robô!

Wallader abriu a porta do quarto.

— Senhor Memphis, precisamos ir para o setor B, mais fortificado. Blunt reagiu e...

Memphis balbuciou:

— Não... Preciso fazer a ligação...

—Ah, sim. Aqui está seu celular... mas, senhor, não adianta, só tem uma mensagem de...

Memphis pegou o celular, discou e depois de alguns segundos ouviu a mesma mensagem que todos naquela nave já tinham ouvido antes:

— Você ligou de Marte para o planeta Terra. No momento todos os nossos atendentes estão ocupados. Por favor, tente mais tarde ou aguarde na linha. O tempo de espera previsto é de dez anos...

Começam os créditos enquanto a Banda Uó canta "Shake de amor":

Vou me vingar de você
Vou me vingar de você
Vou me vingar de você...

Cena cortada n. 1

Segunda Assembleia da Colônia Cecilia

Simona Radowitzky: O camarada Alluri precisa se ligar que é chefe só de faz de conta. Só para enganar os trouxas que estão nos espionando. Se tiver que votar para alguém ser líder, eu nem vou votar em você, vou votar na Lin!

    Alluri: E eu lá quero ser chefe? E pior: ser chefe seu? Hahaha.

    Clémentine Duval: Simona, acho que o problema não é ele se achar chefe... O que cansa é ver ele andando pra lá e pra cá com essa cara de Jesus triste que não sabe onde esqueceu a cruz. Dá até agonia.

    Gesia Helfman: E essa coisa da gente ter que tratar ele como santo o tempo todo?

    Clémentine: E a porra da meditação no fim da tarde? Eu odeio meditação! Puta tédio dos infernos! Vou ficar maluca se isso continuar.

    Patrícia Rehder: Pera aí! Eu é que pedi para o Jean se esforçar mais para incorporar o papel. Vocês não decidiram que eu, que tenho experiência com teatro, ia dirigir essa bagaça? Temos que parecer uma seita religiosa, não é esse o plano? Os caras provavelmente estão com um monte de satélites focados na gente. E o Alluri... é o que vocês sabem... ele é metido a humorista, faz piada de tudo, imaginem se diz uma dessas piadas bestas numa ligação? Lá se vai todo o nosso trabalho de disfarce. Por isso que mandei ele fazer aquele curso intensivo no mosteiro em Bangalore, pra incorporar o personagem vinte e quatro horas por dia. Pra ver se ele aprende.

Alluri: Tudo bem... tudo bem... vou me esforçar mais. Mas a Gesia e a Duval têm razão: elas não precisam ficar o tempo todo fingindo que viraram monjas. E se a gente inventar que apenas parte do grupo se converteu à religião? Parte do grupo continua sendo o que sempre foi.

Patrícia: Como assim?

Alluri: Pode até ser vantagem. Podemos fazer o jogo: parte do grupo pode ser de festeiros indisciplinados que não ligam para segurança e deixam escapar umas indiscrições nas mensagens. Falar mais abertamente que o mundo vai acabar e tal...

Patrícia: Não sei, não...

Alluri: Além do mais, Pat, o povo aqui não vai aguentar esse negócio de monge se isso demorar uns dois anos.

Várias pessoas: Não mesmo, *no way*, nem pensar, *niet, no no no...*

Alluri: Outra coisa, podemos também revezar, cada um faz papel de monge por um tempo. Os satélites não vão notar a diferença.

Simona: Lin! Você perdeu meu voto! Agora, se tiver eleição, eu voto no Alluri para chefe supremo do nosso barraco!

Voltam os créditos, agora ao som de "Maria da Vila Matilde", do Douglas Germano, na voz de Elza Soares:

Quero ver
Você pular, você correr
Na frente dos vizinhos
Cê vai se arrepender de levantar a mão pra mim.

Cena cortada n. 2

Um dos debates do primeiro congresso da Associação Internacional dos Trabalhadores foi a respeito do que fazer com as Memphistópolis. Haviam sido construídas várias delas pelo mundo, muitas a mais do que Memphis tinha previsto. Eram para os futuros passageiros das improváveis naves 4 e 5.

O congresso da AIT debateu: manter aquela gente sofrendo na ignorância, com medo de não escapar da Terra e à espera de uma passagem para Marte, ou avisar que tudo não passava de farsa? No fim, o congresso decidiu apenas parar de aterrorizá-los com fogos de artifício e esperar que um dia aquelas pessoas resolvessem se aventurar para fora das muralhas.

Mas um grupo de adolescentes vizinhos da Memphistópolis de Loriga, em Portugal, resolveu fazer cosplay de morto-vivo e passou a zanzar em torno do condomínio. Foram recebidos a tiros pelos apavorados memphistopolitanos. Como a distância era grande, ninguém foi pego pelos tiros e o evento fez tanto sucesso que atraiu mais participantes. Virou moda: no mundo todo, as Memphistópolis passaram a ser infernizadas por falsos mortos-vivos.

De volta aos créditos, agora ao som de "Me deixa viver", da Karol de Souza.

Cena cortada n. 3

Se Bruno Rougier tivesse ficado quieto, a Aranha talvez não o notasse. Ele estava caído no chão, coberto de sangue que espirrou dos homens que a Aranha acabara de matar. E eram tantos corpos espalhados na sala que ela bem poderia ter pensado que Bruno não passava de mais um cadáver. Mas ele falou, tremendo:

— Por fa-favor... não me mate.

Ela pareceu surpresa e irritada. Aproximou-se lentamente e apontou a arma:

— Quem é você?

— Bruno, Bruno Rougier.

Ela tirou do bolso o que pareceu uma lista e checou. E olhou de novo para o Bruno:

— Você não está na lista. Quanto dinheiro você tem?

— Hã... aqui?

— No banco, aplicações, na sua casa, sei lá!

Bruno viu uma esperança...

— Tenho quase três milhões! Eu transfiro tudo para você agora mesmo, pelo telefone!

A Aranha pareceu muito decepcionada.

— É pouco...

Bruno gritou:

— Não, não, calma! Tenho mais! Tenho uma conta por fora, no Banque de Luxembourg! Cinco milhões, passo tudo para você agora!
— Cinco milhões de quê?
— Dólares! Cinco milhões de dólares! E mais os três milhões! Passo tudo pra você agora, num clique!

A Aranha pareceu realmente se lamentar. Abaixou a cabeça e disse:
— Que pena... É pouco.
— Por favor... não me mate...

Então ela abaixou a arma.
— Só mato rico de verdade.

E foi até uma valise que estava na entrada da sala. Ajoelhou-se, abriu a pasta e começou a mexer em algo ali dentro.
— Qual seu nome mesmo? — perguntou de novo para o sujeito, que ainda não tinha coragem de se mexer.

Bruno normalmente se sentiria ofendido com a pergunta, mas naquela situação ele era só humildade.
— Bruno Rougier.

Ela não prestou muita atenção, estava concentrada na sua valise. Ainda assim, perguntou:
— E o que você estava fazendo aqui? Era uma reunião de bilionários...
— Sou jornalista... Vim organizar minha entrevista com o sr. William Friedman...
— Aquele monstrengo ali que acertei no olho?

Bruno olhou o corpo daquele homem que fora tão importante para impulsionar sua carreira no jornalismo.
— Si-sim...
— Bom, Bruno, é melhor você sair daqui, este lugar vai explodir daqui a pouco.

Então ele começou a se levantar lentamente, ainda tremendo. Mas também espantado por a mulher não o reconhecer.
— Você já deve ter me visto na CNN, sou Bruno Rougier, jornalista de economia.
— Não, nunca vi, não costumo ver TV. Mas você é daqueles jornalistas que são pagos para defender a privatização dos serviços públicos, corte nos gastos e essas coisas?
— Só digo que o Estado precisa de uma gestão responsável...

A Aranha voltou a pegar a pistola.

— Pensando melhor...
O tiro pegou Bruno no meio da testa.

Entra "Rainha das cabeças", do Kiko Dinucci e Bando Afromacarrônico.

E então, enquanto aparecem os créditos do pessoal da equipe técnica (dublês, eletricistas, contrarregra, marceneiros, treinadores de animais e outres), começa a tocar "A Internacional", com arranjo de Maurício Tagliari e Luca Raele.

Este livro foi impresso pela
gráfica **Expressão & Arte**
em papel **Pólen Bold 90 g/m2**.

— Pensando melhor...

O tiro pegou Bruno no meio da testa.

Entra "Rainha das cabeças", do Kiko Dinucci e Bando Afromacarrônico.

E então, enquanto aparecem os créditos do pessoal da equipe técnica (dublês, eletricistas, contrarregra, marceneiros, treinadores de animais e outres), começa a tocar "A Internacional", com arranjo de Maurício Tagliari e Luca Raele.

Este livro foi impresso pela
gráfica **Expressão & Arte**
em papel **Pólen Bold 90 g/m2**.